「雑」の思想

世界の複雑さを愛するために

高橋源一郎＋辻信一

大月書店

はじめに

辻信一

ぼくが「雑」という言葉に関心をもつようになったのは、もうずいぶん前のことだ。そのときからいまに至るまで、この言葉とぼくとの浅からぬ縁について思いをはせてみたい。

七〇年代の終わり、アメリカに渡り、引越し屋として大都市周辺を走りまわるぼくの心を揺さぶったのは、郊外《サバービア》という、奇妙なほどに均質なランドスケープだ。この風景を中心で支えているのが芝生だった。短く刈り込まれた一、二種類の植物がつくる、この単調な風景で敷地を覆いつくすことに、多くのアメリカ人が宗教的といえるほどの情熱を抱き、そこに多大な資金や時間や労力を注いでいた。それは雑草、雑菌、虫や小動物に対する戦いでもあった。その意味で芝生とは、世界に誇るアメリカ型近代農業――高度に工業化され、化学化された大規模単一栽培――のミニチュア版だったともいえるだろう。いわば、多様性（雑）を本質とする自然から切り離され、隔てられ、複雑さや曖昧さを剝ぎ取られて、一種の純粋性を獲得したもの――それが芝生という表象だったのだ。

やがて環境運動に情熱を注ぐようになるぼくを支えるのは、この多様性としての「雑」という考え方だった。それを手がかりに、やがてぼくは無限に多様な要素が複雑につながりあってひとつのまとまりある全体をなすという、エコロジー的な世界観や仏教的な世界観に自分の思想の拠りどころを見いだしていくことになる。

生態系における多様性と同時に、文化の多様性が北米におけるぼくのテーマとなった。当時、〝ひとつのアメリカ〟というイデオロギーを支えてきた「人種のるつぼ論」が批判されて、その代わりに、先住民、奴隷の子孫であるアフリカ系アメリカ人、さまざまなエスニック・グループの文化や民族的アイデンティティが、溶解することなく〝雑然〟と混在する「民族のモザイク論」が人気を集めていた。とくにカナダでは、マイノリティ差別を引きずり続ける合州国を尻目に、多文化共生主義(マルチカルチュラリズム)を国是として掲げた。

ぼくが選んで住みついたのは、そのカナダでも、とくに多種多様な難民・移民が集住するモントリオールの、通称〝エスニック・ゲットー〟だった。フランス語系カナダ人が多い東モントリオールと、英語系カナダ人が多い西モントリオールとの境界にあたるこの地域は、作家、アーティスト、ヒッピー、社会活動家といったマージナルな人々をも引き寄せた。雑多な人々がつくり出すこの多文化空間に暮らした経験が、やがてぼくの博士論文のベースとなる。

そのモントリオールで出会ったのが、本書にも登場する鶴見俊輔さん。「雑」という言葉を、たんなる書物の中の概念としてではなく、生活態度や思考の方法としていくきっかけをくれたのは彼だった。

大学院での専攻は文化人類学——それは、単純化、還元主義、演繹的な思考法を避け、いつも複雑な「現場」での参与観察から思索を積み上げることを好む知的営みだ。いまにして思えば、この学問自体、「雑」を志向する〝雑学〟なのである。

やがて、ぼくは十数年ぶりに日本に帰国し、明治学院大学の国際学部に職を得た。その国際学部も「雑」と縁の深い場所だった。創設第一世代の教員たちの中には、たんにそれぞれの専門分野での業績だけでなく、それをはるかに超えた雑多な領域で活躍したことで知られる「雑学」者たちが多かった。

「国際学部」の代わりに「民際学部」という名称を提案したのは、創設に参画した異色の経済学者、玉野井芳郎（一九一八—一九八五）だったという。本書にたびたび登場するカール・ポランニーを日本に紹介した人であり、人類学、エコロジー、そして経済学のあいだを自由に行き来した人だ。「国際」の「際」とは「きわ」であり「境界」である。国と国のあいだは、普通、国境と呼ばれる線で区切られて、曖昧さ（雑）は忌避される。それが国の論理というものだ。しかし、国境の両側に広がる地域の民衆には、国の論理を超えた、豊かな草の根交流の長い歴史がある。その視点から見れば境界とは、Aの終わりであると同時にBのはじまりであるような、どちらでもあり、どちらでもない、分類不能の〝雑なる〟領域だ。どっちつかずだからこそ、AとBの両方が見える場所、両方が混ざり、交雑し、そしてつながりうる場所でもある。

「国際学部」という名称に落ち着いたにせよ、「際《きわ》」という境界から世界を見ていこうとする態度が、その後のわが学部のありかたの中に、なんらかのかたちで受け継がれてきたのだと思いたい。

大学での仕事と並行して、ぼくは環境=文化NGO「ナマケモノ倶楽部」の世話人として、スローライフ運動にとりくみはじめる。

「スロー」とはたんに物理的な遅さを指すのではない。また「スローライフ」とは、たんなる「のんびりとした暮らし」のことではない。それは、経済的な効率性を最優先にして、大切なものごとを犠牲にするような社会への異議申し立てだった。生存のための自然界とのつながりも、人間どうしの社会的なつながりも、それらを育み、持続するための十分な時間とケアが必要だ。そうした本質的な関係性さえ、しかし、生産性、経済効果、効率性などの観点からは、たんなる資源、〝合理化〟されるべき無駄、犠牲にしても構わない価値、つまり雑事、雑用とみなされてしまう。

そんな本末転倒の社会のありかたからの転換を目指す運動、それがスローライフなのである。この運動のなかで、「雑」という概念が重要な役割を果たすことになるだろうという予感を、ぼくはこんなふうに語ったのだった。

今ぼくたちは、世界の価値観と自分たちのライフスタイルの大転換に向けて〔「雑用」や「雑事」という〕バスケットに放り込まれたものをひとつ、またひとつと取り出しては見つめ直そうとしている。「雑」こそがキーワードなのだ。生態系における「雑草」、森林における「雑木」、農や食の世界における「雑穀」のように。「雑談」、「雑役」、「雑益」、「雑音」、「雑貨」、「雑務」、「雑学」、「雑誌」、「雑種」、「雑念」などといった「雑」なるモノやコトがなければ、ぼくたちの暮しはずいぶんと淋しいものになるだろう。「粗雑」、「雑駁《ざっぱく》」、「雑多」、「煩雑《はんざつ》」、「複雑」であることを許さない人生は空しいだろう。(『スローライフ100のキーワード』弘文堂、二〇〇三年、四五―四六頁)

だがあれ以来、危機は広がり、深まり続けている、とぼくには思える。科学・技術・経済最優先の道をひたすら走り続けてきたぼくたちの目の前に、断崖が待ち構えている。「ある問題を引き起こしたのと同じ思考方法《マインドセット》のままで、その問題を解決することはできない」というアルベルト・アインシュタインの言葉にならっていえば、人々の心の危機も、社会の、そして自然環境の危機も、それを引き起こした「経済」というマインドセットから、そしてそれを支えてきた進歩主義、還元主義、機械的自然論、効率主義などの思考方法から抜け出すことによってしか解決できないのだろう。とすれば、それらのマインドセットによって排除されてきた「雑」なるモノやコトにこそ、逆に、それらを超えるためのヒントが詰まっているといえるのではないか。

本書のもとになったのは、高橋源一郎さんとぼくとが明治学院大学国際学部で、二〇一五年春から三年間にわたって取り組んだ共同研究プロジェクト「雑の研究」である。このプロジェクトは、それに先立つ三年間(二〇一〇年―二〇一三年)におこなわれた、やはりわれわれ二人による「弱さの研究」を引き継ぐものだった。

共同研究プロジェクトと言うと何やらものものしいが、それぞれが進めている研究や執筆活動のなかに、「雑」というキーワードを置いてみる。そこで考えたことをときどき会って報告し、話しあいながら、深める。そんなゆるやかでのんびりとしたプロセスだった。いまから思えば、この方法的な〝雑さ〟こそが、「雑」というテーマにはふさわしかった。共同研究の方法論としての「雑」ということが、もっと真剣に考えられてもいいのではないか。

1章は二〇一五年、2章は二〇一六年、4章は二〇一七年、5章は二〇一八年におこなわれた対談をもとに加筆、編集されたものである。3章のもとになったのは、法政大学総長で江戸文化研究家の田中優子さんと、コミュニティデザイナーとして知られる山崎亮さんをゲストとして招き、四人で「雑」をテーマに話しあった公開の座談会（二〇一七年一一月一二日）である。

「雑」という日本語には、さまざまな意味がある。①種々のものが入りまじること。混ざっている状態で、均一、純粋でないこと。②主要でないこと。③分類しにくいこと。定義がはっきりしないこと。④有用でないもの。余計なもの。⑤粗くて、念入りでないこと……。

「雑」というのは〝雑然〟とした言葉なのだ。しかし、よく見ると共通点がある。どれも負性と否定性を刻印されているのだ。とくに、効率や均質性を旨とする現代社会において、それらは〝弱さ〟の資質をあらわすだろう。「弱さ」というテーマから「雑」というテーマへの流れは、ぼくたちにとって必然的なものだと感じられた。そして、否定性が反転して肯定性へ、さらに創造的なエネルギーへと転換する、という点でも、「弱さ」と「雑」というテーマは重なる、とぼくたちは考えている。

マスメディアを通しては見えなくとも、新しい時代はすでに世界のあちこちで始まっている、とぼくには思える。地産地消、パーマカルチャー、エコビレッジ、無銭コミュニティ、コミュニティ・デザイン、ギフトエコノミー、連帯経済、自然農、大地の再生、森林農法、スローフード、マルシェ、フェアトレード、エシカルファッション、カルマキッチン、シェアハウス、森のようちえん、補完・代替医療、宅老所……。それらを手がける〝雑民〟たちは、まるで現代に蘇った古代人のようではないか。かれらの背後には、グローバルからローカルへ、集中から分散へ、GNP（国民総生産）からGNH（国民総幸福）へ、貪欲から充足へ、間接民主主義から直接民主主義へと向かう、雑のエネルギーに溢れる大きな流れがある。

本書が、そんな流れへと、そしてその先にあるはずの〝懐かしい未来〟へと読者をいざなうことができたら、うれしい。

雑の思想　目次

はじめに …… 辻信一 3

第1章 「弱さ」から「雑」へ …… 15
複雑なものを複雑なままで 15
相模原事件に「雑」を見る 20
「雑」へと抜けだす介護 23
「雑」を捨てさる危険性 28
生きること自体が雑である 31

第2章 「雑」なる民主主義・「雑」なるエコロジー …… 37
空のかなたでなく、足下にある 37
民主主義は「雑」なんだ 41
ローカルに息づく「雑」 46
「雑」の研究の道筋 51
「雑」と地球民主主義 53

第3章　座談で「雑」を広げる・深める ……61
「雑」なる世界、江戸の豊かさ　62
コミュニティは「雑」そのもの　76
ぼくらはもともと「雑」をもっていた　88
「雑」の思想と「シェア」の経済　95
関係を深めるシェアの三段階　102
いつも「雑」を忘れないでいる　105

第4章　「雑」に向きあう宗教・「雑」を取り入れる経済 ……111
親鸞が向きあった「雑」　115
還元主義に抵抗する「雑」　121
雑の権化、南方熊楠　126
「雑」と女性性、そして植物　130

第5章 「雑」の思想は深まり広まる …… 143

「雑」としての限界芸術 154
雑、その美しきカオス 161
「雑」で経済を構想しよう 167
ぼくたちを人間にしてくれる原理 178

おわりに――僕は「雑」と共に生きてきた …… 高橋源一郎 185

第1章 「弱さ」から「雑」へ

複雑なものを複雑なままで

辻　そもそも「雑」は、広辞苑（第七版）によると「①種々のものの入りまじること。主要でないこと。②あらくて念入りでないこと」となっています。これらはどれも、効率性や均質性、合理性を優先する現代社会においては負の価値や否定性を表しています。ですから、「雑という弱さ」という言い方もできるでしょう。その意味でも「雑の研究」は、ぼくたちが取り組んでいた「弱さの研究」を引き継ぐ試みだと言えるでしょう。そして「雑という弱さ」が秘めている可能性に光を当てることで、現代社会の危機を超えるための道筋を見いだしたいという思いがあります。

高橋　ぼくたちの共同研究「弱さの研究」について、最初に少しふれておきたいと思います。

この社会には社会的弱者がいます。認知症の人だったり、身体障害者だったり、病気で働けない人や、難病で寿命が残り少ない人など、弱者といってもいろいろです。共通するのは、「社会で役に立たない」、ともすれば「できたらいないほうがいい」とも見られている人だということです。でも、実際はそうでないことが「弱さの研究」でわかってきたんですね。

ぼくたちは、弱いと思われている人たちが、じつはそのまわりの人々に力を与えているという例を、それぞれたくさん見つけました。そして、もしかしたらこの社会は、弱さこそを必要としているのではないかという結論に行き着いたわけです（このことは、ぼくたちの共著『弱さの思想』にくわしく書いてあります）。

その身近な例はたくさんありました。たとえば、お父さんが倒れて、家族がはじめて介護をすることになった場合、弱い人間に向きあった経験がなければ、最初はほとんどうまくいきません。だから介護する人たちは、自分が変わらないとならないんです。つまり、弱い人がいるおかげで自分も変わらざるをえなくなり、新しい世界に踏み込んでいく。そんなふうに、ある困難な事態を前にして人間が変わっていくとき、その中心に「弱さ」があるという例を、いくつも発見したのです。

ひと言で言うなら、「弱さが一番強い」ということです。われわれは「弱さ」はただ弱いだけだと思っていたわけだけれど、「弱さ」には本来持っている多様な力、いまの社会が失ってしまっている可能性や芽、そういったものを引き出す力がある、というのが「弱さの研究」でつかんだことでした。「弱さ」は否定されるべきものでも、がんばって強くしなければいけないものでもなく、それ自体に意味も価値もあって、必要とされているものなんです。「弱さ」がない世界こそが最弱だと（笑）。そういう結論で研究は終わりました。

さて、次に何をやろうかと話しあったとき、辻さんから提案があったのが今回の「雑」です。聞いたとき、ぼくはすぐに「いいな」って思いました。でも「雑」には、「弱さ」のように具体的に弱い人間、弱者、というイメージはわきません。だから、とにかくやってみようということで、共同研究を始めました。

まず、身近な「雑」から話してみます。ぼくは朝日新聞で「論壇時評」という社会評論を、二〇一一年から丸五年書いていました。社会について考え、「現場」に行き、言葉にする作業をずっとやってきたわけです。その仕事が一段落つきそうになったところで、あらためて見返してみると、その論壇時評という名の「社会に関する研究」でぼくがやっていたことこそが「雑の研究」じゃないかって気づいたんです。もちろん、最初から「雑」だと思ってやっていたわけじゃありません。でも、目の前に現れる社会の変容と事件を言葉にしていくのは、要するに「雑」をあつかっていることではないか、と思い当たったんです。

例はいくつもあるんですが、ロシアのクリミア侵攻問題のことを話します。

二〇一四年、ロシアがウクライナ南部のクリミア自治共和国に侵攻しました。この問題について、たくさんの「専門家」が説明や解説をしたり、本を書いたりしました。でも正直、書かれたものを読んでもピンとこなかったんです。

ところが、雑誌『現代思想』の特集を読んではじめて腑に落ちた。その中にいた、専門家ではないロシアの作家たちの書いたものを読んで、です。なかでも、ぼくの好きなリュドミラ・ウリツカヤ[*1]という作家が、クリミアはどんな場所かということと、その歴史を書いていました。

クリミアは、ウリツカヤにとって故郷のような場所で、たくさんの異なった民族が混じりあう地であることを彼女は知っていました。専門家の話すクリミア問題には、そこにどんな人たちが生きていて、どんな歴史をたどってきたかについて、ひとつもふれていなかった。そのことに、彼女には憤りがあったと思います。だから、私がクリミアを描写すると決めたのでしょう。彼女の文章を読むうちに、ぼくの中に、はじめて生々しいクリミアが見えてきました。クリミアという時空間の複雑性が、そのまま立ち上がってきたんです。

何かを論じるとき、政治の問題に還元する、または政治の言語に翻訳すると、単純化してしまいます。クリミアの歴史も自然も捨象されて、どの国の領土かという話ばかりになってしまう。まあ、それこそが政治の目標でもあるわけですが、それに対して作家はクリミアの複雑さを描きだす。複雑性に向かう作家の言葉は、いまのような時代には最良の反撃だと、ぼくは思いました。けれど、社会の多くの人たちが気にしているのは、その土地がどこに属しているかということで、それはぼくたち自身が、土地というのは誰かのものだという、単純化した思考におちいっているからなんですね。

辻　北方領土問題などもそうですね。

高橋　同じですね。ウリツカヤの言うように、誰の領土であってもかまわないが、クリミアはこういう場所である、ということに軸を置くのは、まさに複雑の「雑」に根拠があるということだと思います。

辻　それはとても重要なことだと思う。ぼくはこの一〇年あまりブータンに通っていますが、メディアなどがつくりだす、ステレオタイプ化され単純化されたブータンのイメージが世界に広がり、それがまたブータンに逆輸入されていくという単純化の連鎖があるんです。逆に、ぼくは奥地へ奥地へと入りこんでいくから、ぼくの中のブータンはどんどん厚みを増していき、「雑」然としてくる。で、この「雑」としてのブータンは、ぼくのテーマだと思えるようになったんです。

高橋　ぼくは、作家の仕事は複雑なものを複雑なままに表現することだと思っています。でも、いま多くの場面で、複雑なものを単純化して理解する、または単純なものにして比較することが当たり前になっています。学問でさえそうなっている。一〇〇人をフィールドワークしても、それを分析してまとめた結果、最初にあった一人ひとりの「雑」は消えてしまう。まあ、これはある意味しかたがないというか、単純化、抽象化しないと理解するのが困難だからではあるのですが。でも、それがすべてだと言ってしまうことはまた違います。セオリーとか原理に還元するのではな

＊1　リュドミラ・ウリツカヤ（一九四三―）　ロシアの作家。作品に『ソーネチカ』『それぞれの少女時代』ほか。文中で言及されているのは『現代思想』二〇一四年七月号（特集＝ロシア）掲載の「クリミア情勢について」。

く、生々しい歴史や事実から出ない、という選択もあるということです。それこそが、要するに「雑」なんじゃないか、と。ぼくたちがいま問われている多くの問題は、じつは「雑」を消去して単純な何かに還元する、一種の還元主義（リダクショニズム）から生まれているのかもしれないと思うんです。

辻　なるほど。複雑さを何かに還元したり縮減したり、リデュースしないで、複雑なものを複雑なものとしてつかもうとすることが大事だ、と。還元や縮減というのは合理主義の特徴で、その流れのなかで文学や人類学は「雑学」とみなされ、馬鹿にされたりする。両方とも、複雑さを複雑さのままつかむ、提示するというところが特徴ですからね。

相模原事件に「雑」を見る

辻　「弱さ」から「雑」へということで、二〇一六年夏に起こった7・26事件、つまり相模原の障害者施設での痛ましい殺傷事件にふれていきたいと思います。

高橋　まず、容疑者が「障害者は役に立たない」という、非常にシンプルな考え方におちいっていたのがとても怖いことです。二〇人、三〇人と障害者がいれば、障害の質も度合いも個々人の歴史も、みんな違うはずです。しかし個別の違いは無視されている。もとはと言えば、社会がそうしているからでしょうね。いわゆる「健常者」と「障害者」のあいだには無限のグラデーションがあるはずなのに、とりあえず「障害者」と名づけることで、本来あるはずの「雑」を消去してしまっている。

植松被告は「障害者は役に立たないから生きている価値がない」と言っていますが、それは彼の思想というより、じつは社会の声、還元された社会の「隠された本音」ではないでしょうか。そういう社会の洗脳の中でぼくたちは生きているということです。洗脳は単純な言葉によってされるのであって、複雑な言葉ではできない。いま、単純なものと複雑なものとの歴史的なバトルが起こっていると感じています。

辻　もうひとつ、殺された人たちの固有名詞が避けられ、個々の存在が消されていましたね。容疑者が「障害者には生きる意味がない」と言ったことと、報道で名前が出されなかったことが響きあって、意図せず同じ次元に立ってしまったという気がします。

高橋　文学では、基本的に登場人物全員に名前をつけるんですよ。経歴もつくります。それが作家の仕事なんですね。複雑なものを複雑なままにしておく具体例は、まず名前をつけること。名前をつけると、AとBで違いが出てきて、はじめて違う人間がいるってことに気づけるんです。

辻　つい数日前、NHKの相模原事件のドキュメンタリー[*2]を観ました。事件のあった施設の元職員二人が、自分の足で取材して歩き、犠牲者一人ひとりの生きざまにふれていくんです。その人がたしかに生きていたという、実感やぬくもりのようなものを感じとりたかったようです。

犠牲者のひとりの女性は、名前も出ず、写真もぼかされて見えないんですが、「リボンが好きだっ

＊2　「シリーズ相模原障害者施設殺傷事件　匿名の命に生きた証を」二〇一六年一二月六日、Eテレ放映。

た」という証言に基づいて「リボンさん」と仮に名前をつけて、その痕跡を探していきました。彼女がよく行く食堂のおかみさんが「たしかにあの人、リボンが大好きだったのよ」と言う。それは煎餅なんかが入っている袋を閉じるのに使うリボンで、ひらひら動くのが好きだったらしい。それから、食べたあと袋をカシャカシャと音をたてていじるのも好きだった。そのことを思い出し、おかみさんは感きわまって涙を流す。そして「いまわかった」と言う。彼女がそうするのを見るのが、私にとっても喜びであった、と。

空の袋をカシャカシャするなんて、何の意味もないと片付けられそうなことです。しかし、その一見意味のなさそうなことをめぐって、生きている者どうしが心を通わせて、つながるという瞬間が、まちがいなくそこにあったと実感できるんです……。

ふつう、意味が「ある」「ない」と言っているのは、その社会特有の意味の体系の中に位置を占めて「いる」か「いない」かということなんですね。言い換えれば、「意味がある」というのはただそれだけで、それ以上のことではない。「生きる意味がある」というのも、日本の現代社会にある通念にすぎない。「働けなくなったら生きている意味がない」とか「入学試験に落ちてしまったら生きている意味がない」とか言うけど、社会的な枠組みの外に出たら、そういう考えはそれこそ意味がなくなってしまう。つまり、意味が「ある」「ない」って相対的なことなんですね。それに気づけば、自分が生きている意味のシステムを固定的にとらえ、それに翻弄されないですむのではないでしょうか。

「雑」へと抜けだす介護

高橋　ところで、今朝ラジオの収録をしてきたんですが、ゲストのWさんは介護離職の専門家でした。介護離職とは、介護をするために仕事を辞めることで、年間一〇万人ずつくらい増えているそうです。認知症の人や高齢者が増え続ける社会の中で、介護離職の問題が浮上してきたというわけです。

ほとんどの人は、家族の誰かが要介護者になったら、どうしていいかわかりません。だいたい介護ははじめての経験ですし、行政というところは、こちらから出向かないと教えてくれないので、多くの人がパニックになってしまいます。そもそも誰に聞いていいかさえわからず、問題を抱えこんで、職を辞めてしまいます。

Wさんはずっと介護離職問題に取り組んでいたのですが、去年、母親がうつになって自分も介護をするようになりました。そうしたら、この問題のプロであるはずなのに、自分も母親を殺しそうになってしまったというんです。母親は、うつと認知症が進んで、まったく言うことがわからなくなり、薬も飲んでくれないから、薬とペットボトルを無理やり口に突っこんだり、食事を食べないからキュウリを口にギュウギュウ押しこんだりしてしまった。このままだと母親を殺してしまうと思い、自分の部屋に逃げこみ、外に出られないようにドアの前にトランクを積んだそうです。結局、Wさんは母親を施設に預けて、少しずつ落ち着きを取り戻していくのですが、それぐらい介護って孤独でつらい

ところがあるということですね。

でも、介護には別の側面もあります。辻さんと「弱さの研究」をしてわかったのは、そういう苦しみを経てたどり着くのは「生きることそのものに価値がある」という気づきです。それまでは、親ともそんなに仲良くなくて、なるべくかかわりたくなかったけれど、介護するようになって、ふと気がつくと母親の手を握っていたりする。そして、「手を握ることができてよかった」と心の底から思ったそのとき、大きな自己肯定がやってくる。生きていてよかった、と。介護によって自殺したり被介護者を殺してしまったりする人もいる中で、それを乗り越えてたどり着く場所は、弱い親とともに生きることで生まれる、大きな自己肯定です。生きていてよかった。お父さんもお母さんも生きていてよかった、という。

結局、生きる価値とは何かっていうと、自己肯定だと思うんです。しかし自己肯定ってひとりじゃできない。ほかの誰かがいて、その人間を肯定できたとき、向こうのほうからお返しのように自己肯定がやってくる。そういう構造なんですね。それが「弱さの研究」でわかったことですが、同じことを、Wさんの話を聞いて思いました。

辻　そういえば、吉本隆明さんは「意味」と「価値」を区別していましたね。ぼくたちの暮らしは意味のない時間に満ちている。「こうしていることにどういう意味があるのか」なんて考えないし、もし考えるとしたら、それこそ人間本来のありかたからは遠ざかっていくのではないか……。

このことを考えるうえで参考になるのが、三好春樹[*3]さんの言葉です。介護をめぐって「〇〇に意味があるか」とよく言うけれど、「意味」がなくちゃいけないのか、「意味」なんかなくていいんじゃないか、と言っています。彼は人類学が好きで民族誌をよく読み、介護関係の人たちを連れて毎年インドのスラムに通ったりして、自分が拠って立つ意味の体系が揺さぶられるという実体験を大切にしてきました。だから、文化相対主義的な考えは三好学の基本で、「意味がある」というその「意味」なんて絶対的なことではない、という発想が自然に出てくるのでしょう。

先日、三好さんと対談したときに、伊永《これなが》紳一郎さんという方が遠くから来てくれたんです。伊永さんは7・26事件が起きるちょっと前に、三好さんが編集主幹を務める雑誌『ブリコラージュ』に、介護者による虐待の問題について寄稿していました。[*4] 7・26事件以降、あれこれ読みながら考えていたぼくは、彼の文章に感銘を受けました。その内容は、虐待をしてしまう、あるいはしそうになってしまう介護者が少なくないけれど、虐待のニュースに接したとき、介護者は「自分にはそれほど関係が

＊3　三好春樹（一九五〇—）　理学療法士、生活とリハビリ研究所代表。雑誌『ブリコラージュ』を編集。

＊4　伊永紳一郎「一〇年後の『あれは自分ではなかったか』アゲイン」『ブリコラージュ』二〇一六年夏号（特集＝介護げんばの虐待論）。

ない」と言いたげな反応が多い。それこそが、虐待が連綿と続いていく根本的な原因なのではないか、というのです。けれど、今度の7・26事件では、介護者の中には蘇ってくるものがいろいろあって、「もしかしたら俺も、何かが少し違っていたら殺してしまったかもしれない」と考える人がとても多くいたというんです。

〈介護保険制度がはじき出すのは「要介護度」であって、「障がい度」ではない。……要介護度とは社会に対する迷惑度のランキングだ。ひとを迷惑度という尺度で測る精神性が、ひとを大事に扱うだろうか。虐待はすぐそこにあるのではないか。〉（一〇頁）

この次が、ぼくがとくに気に入ったくだりです。

〈僕らが虐待するのは、僕らと同じように、経営効率や誰かの保身のために冷遇されている存在だ。相手をよく見てほしい。僕らはこのよくできたシステムの上で、共食いをさせられているのかもしれない。虐待なんかさせられるんじゃない！〉（一一頁）

これを言い換えると、介護者も現在の社会の体系に取り込まれることによって、共食い、つまり虐待させられている存在なんだという自覚を持ちなさい、ということです。「虐待なんかさせられるんじゃない！」というのは強烈な一言で、「いつまでもそんなシステムにとどまっていないで、抜け出そうよ」と言っているんですね。ではどこへ、と言えば、それが「雑」なんだろうと思うわけです。

高橋　やっと「雑」が出てきた（笑）。

辻　もうひとつ、付け加えさせてください。これも『ブリコラージュ』の同じ特集号に出てくる、介護職の藤渕安生《やすお》さんという方の文章です。彼も「介護現場の虐待」について書くよう依頼されたんですが、〈僕が伝えたいのは、虐待のことではない。僕たちから見えてるこの豊かな世界だ〉（一二三頁）という。彼のいう「豊かな世界」とは、無意識にくりかえされる日常の生活習慣、とくに三大介護といわれる「食事、トイレ、お風呂」です。大事なのは被介護者だけでなく、介護者にとっても同じなのに、生活習慣の大部分が無意識におこなわれるから、くりかえされるその行為の重要性に気づきにくくなる。そこで藤渕さんはこう書くわけです。

〈僕たちの仕事の大部分は、この一人ひとりの生活習慣を支えることに費やされる。それそのものが重要な仕事であるし、このことを僕は最強に誇りに思っている。〉（一二二頁）

生活習慣という、毎日の暮らしに意識的に向きあうという地点に戻ることが、いまこそ必要になっているというわけです。それはたんに老人の介護についてだけでなく、何気なく日常の暮らしを送っているかに見える、介護者自身の生活を大事にするということでもあるからだ、と。言い換えれば、虐待という問題は、加害者自身の日常生活が疎《うと》んじられていることに起因するのではないか、ということなんですね。

単純な日々のくりかえしというのは、「雑用」とか「雑事」としてくくられるもので、これにぼくたちはほとんど向きあわない。でも、ちゃんと向きあってみると、じつはものすごくおもしろい。そして、単純な日常というのが〈まったく単純ではなく繰り返しでもないのだということにすぐ気づく〉（一二三頁）。でもほとんどの人が、日々の暮らしの大部分を「雑事」や「雑用」のバスケットに放りこんだまま、それらを軽蔑したり疎んじたりしてきた。だから「雑なるもの」の側に立って、こんなふうなスローガンを並べるんです。

〈基本的な介護は時代遅れ、それでもいい。〉（二二二頁）

〈もっと無駄をつくれ、合理的だというやつはウソだ、捨てろ。まずは一緒にいることにだけ、本気で注視しろ。とにかく回り道をしろ。〉（二二三頁）

「雑」を捨てさる危険性

高橋　ぼくは明治学院大学の公開セミナーで、中島岳志さん[*5]と、二〇〇八年六月に起きた秋葉原事件と相模原事件について話しました。彼は『秋葉原事件　加藤智大の軌跡』（朝日文庫）という本を書いています。

相模原事件は、障害者を明確に狙った殺人でした。でも、秋葉原事件の容疑者は「誰でもいいから」殺したかったのです。彼は事件の前に何度か、ＳＮＳなどのメディアを使って社会の非情さについて訴えていました。こういう社会がいやだ、誰かぼくに応えてくれる人はいないかと。呼びかけ続けたけれど、誰も応えてくれなかった。きっと彼は、誰かに止めてほしかったのだと中島さんは書いています。仮定ではありますが、誰かが声をかけていれば、ギリギリで止められたかもしれないと。

しかし相模原事件のほうは、誰にも止められなかったのです。

辻　「宇宙塵」という脳性麻痺のぼくの友人も断言していました。植松は「一度すでに殺されている」と。

高橋　そう。彼自身が、この社会では価値がない人間にされていた。だから、自分だけ価値がないのは不公平だと思い、少なくとも障害者は自分と同じように「無価値」だろうと考えた。社会の中で抑圧された鬱屈があって、憤りをぶつけようとした彼は、すでに社会の声に洗脳されているから、目標を障害者施設にしてしまった。結果的には、この社会が産み出した悲劇だと思います。

辻　事件のあと、彼に共感するという意見がネット上で広がっていたそうですね。さきほどの「宇宙塵」は、それを正しくないとして無視したり、取るに足らないものとして切り捨てずに、メディアはもっとそのことを正面から議論すべきだ、と言っていました。犯人がやったことは多くの人にとって「わかりやすかった」。授業で学生たちに聞いたときにも、けっこうそういう感想を言う学生がいたのに驚きました。

高橋　おおっぴらに賛成はできないけれど、「それはわかる」という沈黙の声があったということですね。さすがに「殺せ」とまでは言わないけれど、犯人に共感する声が広がったというのは、社会が分断され格差が作られてしまったとき、人々は気持ちのはけ口を弱いものに向けてしまうということなんでしょう。

先ほど話した介護者のWさんのように、介護の知識があり状況がわかっている人ですら、介護の対

＊5　中島岳志（一九七五―）東京工業大学リベラルアーツ研究教育院教授。著書に『中村屋のボース』ほか。

象を殺そうと考えてしまうことがある。ぼくたちの中に、ほかの誰かを殺してしまう心が潜んでいるんだということです。それはなぜかというと、誰もが自分が生きている社会に根源的な不満をもっているからです。相模原事件では、その社会に対する不満が障害者に向かった。彼は、自分が社会に受け入れられる気がしないと言っていました。いまがつらいから、とりあえず社会を壊してしまえ、という考えが存在するんですね。

辻　実際に植松被告は、この事件に関して「ヒトラーの思想が降りてきた」とか「世界平和のため」という言葉を使っています。「私は世界中の障害者を殺す用意ができている」と言ったとも伝えられている。あまりにも単純で、あきれかえる言葉ですよね。

高橋　でも、その彼の言葉は彼個人の考えというより、社会に対してそういう不満を抱く人は多くいるということの証にすぎないのかもしれません。

辻　世界のできごとはどんどん単純化の方向に向かい、単純であればあるほど人気が集まるという傾向が増えている気がします。その単純化志向が、今回のような事件を引き起こす背景にあるかもしれないということ。だから、7・26事件は孤立した事件ではないとも考えられます。この事件をテロと区別すべきだという議論も耳にしましたが、実際はテロに通じるものがあると思います。また、世界の状況と、切り離しがたくつながってもいます。

高橋　では、ぼくたちは具体的にはどうすればいいのか。じつは、決まったやりかたはないんですね。まさに、さまざまで「雑」なんです。

生きること自体が「雑」である

高橋　たとえば、最近ぼくは、その時々で考え方がしょっちゅう変わるんですよ。昨日と今日で気分が変われば結論も変わる。ある重要な問題について意見を求められたとき、「前はその問題に反対していたけど、今日のところは、どっちとも言えない」と言うと、会場が凍りつきますけどね（笑）。だって、日々暮らし、日々考えてゆけば考えも変わってゆく。いつも途中経過。だから、出たとこ勝負。

辻　まさに「雑」だ（笑）。褒めているんですよ。

高橋　昔はぼくも真面目だったけど、だんだん「雑」になってきたのかな（笑）。
　思想家で詩人の吉本隆明さんは、誰よりも論理的、かつ精密でシリアスに、社会が抱える問題を考えていました。その吉本さんが晩年に出した対談本のタイトルが、『だいたいで、いいじゃない』（吉本隆明・大塚英志著、文藝春秋）。まったくぼくは不意打ちを食らった感じでした。でも、よく考えれば、現実ってものすごく複雑なのに、どうして結論をあっさり出さなきゃならないのか。そして、一度決めた結論を守らなくてはならないのか。厳密に考えれば考えるほど、ものごとなんて、だいたいのことしかわからないものじゃないのか、と思えてきたのです。吉本さんにとって、ある意味で思想的には最大のライバルだったはずの鶴見俊輔[*6]さんのバックボーンになっていたプラグマティズムという哲学は、根本が「非原理主義」で、何ものも型にはめない、まさに「雑」の世界の思考だったように思えます。結論が出てもそこにとどまらず、またもとに戻して見直していく。時間が経って、条件も変わり、自分も変わっていくから、たえず見直さなきゃならない。そのために、いつも目の前の世界をやわらかく見ている。

辻　型があったら崩していく。鶴見さんが「不定形の思想」と呼んだものですね。ぼくが鶴見さんと会ったのは、彼がカナダの大学に客員教授で来ていたときの最初の講義で、そのときのテーマが「転向」だったんです。彼は「転向」という言葉を英語で「redirection」と訳していた。これがぼくには新鮮に思えました。それまでは、「転向」ってすごく重苦しい言葉でしたからね。

高橋　思想や信念を強制的に変えられてしまうとか、裏切るとかね。そんなものではなく、たんに「方向を変える（re-direct）」と考えるわけですね！

辻　そう、ただそれだけ。ふつう「転向」には、宗教上の「転ぶ」を意味する「conversion」などの、重い言葉をあてる。その重さは、ある種の罪の意識と関係していると思うんです。でも鶴見さんは、ただ「redirection」と訳した。ぼくは、自分の中にさわやかな風が吹き抜けるのを感じたんです。だって、そう考えたら毎日ぼくたちは朝から夜までしょっちゅう転向するし、気分も感情もからだの調子も違うから、毎日が転向（笑）。

高橋　そう、それでいいと思います。ぼくが人間をすごいと思うのは、変わりゆくから、あるいは変わりうるからです。だって、どんなことでも厳密に考えれば考えるほど、何がなんだかわからないじゃないですか。そして、もうひとつ大切なのは、考えることと行動はまったく別ものだ、ということです。

たとえば、何か社会の現実を変えるために三年くらい家に引きこもって学んで考えて、誰もたどり着いたことのない立派な「政治思想」が完成したとします。そして外に出てみたら、その「思想」で解決するはずだった現実がすっかり変わっているかもしれない。

すべてを準備して、思想的に武装して現実に立ち向かう必要はない、とぼくは思います。必要があれば思いつきで行動する、発言する、街頭に出る、誰かと話す。そして同時に、生活し、本を読み、好きなことをする。そのときそのとき必要と思うことを、さっさとすればいい。

辻　そして、その合間合間に、子どもの世話をしたり、そうじをしたり、ごはんを作ったり、庭仕事したりする。

高橋　介護者のWさんが一三年かけて出した結論は「できることだけやる」でした。ところが、多くの人は「全部やれ」って言うでしょう？　たとえば安保法制に反対した人が、ほかの運動に参加しないと「それはおかしい」とかね。そんなことはない。やりたいこと、やれることをやって、気の進まないことはやらない。それでいいんです。これも「雑」の思想じゃないですか？

辻　たしかに。

高橋　いつも「途中」でいる。今日はできないけれど、明日もしかしたらできるかもしれない。明後日は、

＊6　鶴見俊輔（一九二二―二〇一五）哲学者、評論家。アメリカのプラグマティズムを日本に紹介し、丸山眞男らとともに『思想の科学』を創刊。ベトナムに平和を！市民連合（べ平連）を結成し反戦運動にも尽力した。

腰が痛くなってしまったから整形外科に行こう（笑）。そんなふうに、自分をメンテナンスしながら、日々自分も変わり、自分の考え方も変わり、変わっていく自分に応じて世界も変わってゆく、というなかで生きていく。

ここ数年の政治的な動きを見ると、かつて政治学者の丸山眞男が言ったように、市民は政治に「パート参加」すればいいと思うんです。全面的にかかわるか、何もしないかではなく、できるとき、やりたいとき、動けるときに参加する。介護だって、何もかも自分でやろうとするからきついんです。できることだけやったらいい。そもそも生きるということは「雑を生きる」ことでしょう。だって、「原理を生きる」とテロに走るしかなくなっちゃうわけだから。でも、社会は単純化する傾向をもっていますよね。社会には「原理」があるから。

辻　いまの社会は、その原理化の傾向が加速していますね。

高橋　まさに、原理化まっしぐらです。ぼくたちが学生のころは、大学を卒業しないでどこかへ消えてしまうことはふつうだった。そんなものだと思っていました。でも最近の学生たちは、ぼくたちよりずっと真面目に卒業して就職していく。そうじゃないとまずいという洗脳が、以前よりしっかりされていますよね。だから「就職しようと、就職活動やめようと、どちらでもいいんじゃない？」って生徒に言うと「先生、もっと真剣に考えてください」って言われる。でも、他人のことだからわからないし、真剣に考えられないよね（笑）。

辻　それとそっくり同じことを、ぼくが大好きなE・F・シューマッハー[*7]は『スモール　イズ　ビューティフル』の「結び」で言っています。

〈答えは簡単であって簡単ではない。各自が自分の心をととのえること。〉

これが『スモール イズ ビューティフル』の結論なんですよ。そういう、日々の水やりとか心の手入れを怠って、多くの人が政治思想だとかイデオロギーに走り、意味のシステムに取り込まれていく。掃除機に吸い込まれるように、いま、ものすごい勢いで人々がそっちへ吸い込まれていっている気がします。

高橋 そうやって社会が冷たくなっていくことに対して、抵抗する側も同じような顔つきで抵抗していきます。向こうが冷たいなら反対に、あたたかく、楽しくやろうとか、真正面に対するのではなくて、四五度斜め向こうから立ち向かうとかしないといけませんね。

この社会の中で毎日「闘い」ばかりしていたら病気になってしまいます。介護もあるし、子どもの世話もある、仕事もある、時に競馬に行かなきゃならない（笑）。とにかく忙しいから、できることをやっていくしかない。だって、ぼくたち人間はいろんな「部分」でできているんだから。まさに「雑」の思想の根本は、ぼくたち自身が「雑」そのものであることです。

辻 考える主体が「雑」である。

＊7 エルンスト・フリードリヒ・シューマッハー（一九一一―一九七七）ドイツ生まれのイギリスの経済学者。一九七三年刊行の『スモール イズ ビューティフル』（講談社学術文庫）は「世界に影響を与えた一〇〇冊」の一冊とされている。

高橋　真面目に政治のことを考える自分がいれば、宗教的な自分もあり、趣味で競馬をやる自分もいる。そんな複「雑」な自分を肯定しないと闘うこともできない。だから「雑」として闘う。楽しくなきゃ続かないしね、何ごとも。
だから、ぼくに言わせると、雑は「ザッツ・エンターテイメント！」なんです（笑）。

第2章　「雑」なる民主主義・「雑」なるエコロジー

空のかなたでなく、足下にある

高橋　この前、『丘の上のバカ　ぼくらの民主主義なんだぜ2』（朝日新書）という本を出したんです。ざっくりいうと、民主主義は「雑」なんじゃないか、と思うんです。

辻　いきなり「民主主義は雑」ときましたか。

高橋　「丘の上のバカ」というタイトルは、もともとビートルズの「THE FOOL ON THE HILL」に由来しています。この歌は、じつはガリレオのことを歌っているんです。ガリレオは当時、天動説ではなく地動説を唱えたことで、「あいつは頭がおかしい」とまわりから言われました。「丘の上にバカがひとり突っ立って、ボーッとして空を眺めている。皆はあいつのことをバカだ、バカだと言うが、じつは彼は宇宙が回るのを見ているんだ」

辻 つまり、常識にとらわれずにそこから逃れた人間を、世間は「バカ」と呼ぶということなんです。

高橋 その本の中に、ル＝グウィン[*1]の「左ききの卒業式祝辞」が出てきますね。とくに男性たちの縮減志向や単純化原理のようなものを、ル＝グウィンは女性として批判しています。ユーモアたっぷりに。

辻 ぼくがいいなと思う人や言葉って女性やマイノリティ、弱者、そして、そこから発せられたものが多いんです。男性、マジョリティ、強者の言葉はだいたいつまらない。

高橋 エリートはつまらない。

辻 そう、エリートの言葉は胸を打たないし、説得力がない。マイノリティの度合いが強いほど言葉に強度がある。典型的なのが、女性でしかもユダヤ人の哲学者だったハンナ・アーレント[*2]です。少数派に属する人間には、多数派の人間よりずっと社会の矛盾が見えているからでしょう。

高橋 アーシュラ・クローバー・ル＝グウィンは、先住民の研究をしていた父の影響のもとで、フェミニズムの香りの強いSFやファンタジーを書きました。SFやファンタジーだけれど、どこか人類学の本のような民族や人種に関する描写がある。ぼくが引用したのは、ある大学の卒業式での「左ききの卒業式祝辞」です。タイトルの左ききの話はひとつも出てきませんが、「左きき」はマイノリティを象徴する言葉なんですね。たとえば、ＳＵＩＣＡのタッチパネルは右きき用で作られていて、左ききの人間は手を交差してタッチしなければならない。そのことを右ききの人間は知らないけれど、左ききの人間は知っている。つまり、自分たちに向けて作られてはいないということを、マイノリティは知っているけれど、マジョリティは自分たちに向けて作られていることに気づかない。

この祝辞はある女子大で話されたもので、女性はこの社会でいわば「左ききの存在」だと語りかけています。男性社会の中で負けずに闘うためにはどうすればいいのか。そして闘う場所はどこなのか。「それは皆さんの足下にある」とル＝グウィンは言っています。女性は大地に根を張り、その豊かな闇の中ですべてを見ていた。男性たちがいつも「空」を見上げて、空疎で観念的な言葉を振りまいていたときに。だからこそ、よく知っている豊かな大地を見つめて、そこをあなたたちの闘う場所にしなさい、と。

イデオロギーや宗教は見上げた「空」の彼方にある。だが、生きてゆくのに必要なものはみんな大地から収穫されるのだ、とね。男は「空」を見上げて戦争に行くけれど、そのさなかも、あるいは終わった後も、食事を作るのは女性の仕事とされ、食事がなければ人間は生きてはいけない。そんな情景を歌った有名な短歌がありましたよね。

＊1　アーシュラ・クローバー・ル＝グウィン（一九二九—二〇一八）アメリカのSF作家、ファンタジー作家。作品に『ゲド戦記』シリーズほか。

＊2　ハンナ・アーレント（一九〇六—一九七五）ドイツ出身の哲学者、思想家。ナチスによるホロコーストの思想的根源を追究し、『全体主義の起原』『人間の条件』などを著した。

辻　土《と》岐《き》善《ぜん》麿《まろ》の歌ですね。鶴見俊輔さんがそれについて書いていました。

「あなたは勝つものとおもつてゐましたかと老いたる妻のさびしげにいふ」

高橋　夫が、生活の足下を見ず、何年も空気のようなものを見て生きていたことを妻は知っていた。でも最後に夫もそのことに気づく。マジョリティはずっと「上」を見て生きてゆくけれど、マイノリティは地べたを見てきたんです。

辻　男のほうは、女性はバカで意味のないことばかりやっていると信じている。

高橋　そうそう。俺たちは価値のあることをしているんだぜ、と思っているんですね。でも実際はこのざま。

辻　「このざま」って、ぼくを指差さないでください（笑）。

高橋　でもこれは、別に男と女のあいだで争えと言っているのではありません。気づきがやってくるのは、まずマイノリティのほうなのだと言っているんですね。

辻　このことに関連して、ガンディー[*3]の話をしたいのですが、彼は問いを立てて、それに答えるという書き方をよくしています。これはインドの古代から続く知的伝統なのだと思いますが、まずこんなふうに自問しています。

「ガンディーさん、あなたは世界的な有名人なのに、なんで口を開けば、玄米菜食がいいだとか、糸車を回せとか、そんな女の人みたいな、つまらないことばかり言っているのですか？　もっと政治の大改革とか、経済の大改革の話をしてほしいのに」

それに対してガンディーは答える。

「たしかに政治や世界の大改革の話も必要でしょう。でもあなたは、大改革が成しとげられるまで、子どもたちの食事の支度をしたり、家の掃除をしたりしないで済ますことができますか。自分の日々の暮らしさえちゃんとできない人に、はたして政治や経済の大改革を実現することができるでしょうか？」

弟子たちによると、彼は日々のお祈りの中で「今日もまた女性に一歩近づけますように」と唱えていたっていうんです。それはつまり、足下へ、雑へという方向に向かっていくということですね。

高橋　では、その下に何があるかというと、泥ですよね。生活や現実には泥が欠かせない。上を見上げれば、鳩が飛んでいたりお日様があったりして美しいから、上だけ見て暮らしていれば幸せかもしれない。でも、われわれが生きている現実は混乱しているし、ぐちゃぐちゃで泥みたい。でもそこに、われわれが拠って立つべきすべてがある。

民主主義は「雑」なんだ

辻　民主主義と「雑」に話を移していきましょうか。

＊3　モーハンダース・カラムチャンド・ガンディー（一八六九―一九四八）マハトマ（偉大な魂）・ガンディーとして知られる、インド独立の父。文中で言及されている問答は『ガンジー　自立の思想』（地湧社）より。

高橋　ええ。いま、民主主義の問題がクローズアップされているけれど、原理にさかのぼって「雑」の観点で考えるべきだと思うんです。民主主義（デモクラシー）とは、デモス（民衆）＋クラシー（統治）で「民衆による統治」という意味です。

ギリシャの民主主義は、いま言われている民主主義とはややニュアンスが違います。ぼくたちは「民主主義」を「代議制民主主義」とほとんど同じ意味で使っているでしょう。でも、古代アテナイでの民主主義のエートス（精神）から考えると、代議制民主主義は反民主主義なんです。

なぜかというと、まず、デモス＋クラシーはひとつ統治のシステムなので、ものごとをどうやって決めるかが問題になります。そして、決めるのは統治するために必要なことだけれど、決める前にどれくらい話しあうかが重要だ、ということです。「決める」ことは、民主主義にとって最後にやってくる最悪のチョイス、これをどうやって引き延ばすか、もしくは「決めない」という方向にするかということに、最初の民主主義は知恵を絞ったんですね。もちろん投票もやっていましたが、くじ引きが多い。

辻　くじ引きですね。

高橋　役人も陪審員も、ギリシャではくじ引き＋任期一年なんです。そして、決める前に「話しあう」ことを何より重んじた。

このギリシャの民主主義の考え方はルソーに続くのですが、彼は、根本的に全員考えが違うということを重視していました。共同体の構成員のみんなが違った考え方をもっていると認める。要するに、ルソーが言っているのは「決まらない」ということなんですね。

古代ギリシャの場合、正式な市民が三〜四万人いて、その場合、三万通り、四万通りの考え方がある。これをひとつの意見に集約するというのがそもそもまちがっているけれど、やらなければいけない。ではどうするかというと、三万通り四万通りの意見を、異なったままでシェアするのはどうかと考えた。ルソーの『社会契約論』はそこに重点をおいています。

たとえば、党派をつくっちゃいけないと言っている。自民党、民主党、維新の会、社民党、共産党で五つ。そうやって五通りの考えに分けていけばわかりやすいし、採決しやすいけれど、そこにもともとあった意見の多様性はなくなっている。代議制民主主義は決めやすく、わかりやすいが本質的な欠点をもっている。ルソーが一番批判したのはそこです。五通りしか意見がなくなったとたんに、民主主義は死ぬのだ、と。

もともと「雑」だったものが五つにまとめられた瞬間に、民主主義のもっとも重要な思想的な意味が死ぬというのがルソーの考え方で、彼は代議制民主主義は奴隷制と同じだと、徹底的に批判しています。ルソーは、三万人の考えがばらばらのままで投票しろ、そして、それで決まったらその結果には従えと書いています。結果は問題じゃないと言っている。そこも重要です。

辻 結果は重要でない。そのやり方、そしてプロセスが重要だと。

高橋 そう。民主主義の根本は個人個人。全体の意見の中で、自分の意見を見つめる時間を保障している。それがディスカッション、熟議の時間です。「雑は雑のままでいい」、それを保障しているのが民主主義だっていう考え方ですね。

代議制民主主義というシステムは統治の方法であり、議案を選択するための方法にすぎない。民主主義はデモス（民衆）とクラシー（統治）ですが、民衆と統治のあいだには深い裂け目が走っている。矛盾を抱えたまま制度をつくってよいのか、というのがルソー以来の難問で、まだ解決されていません。「雑」のまま、それを維持したままで、どうやって民主主義のシステムをつくっていくかということですね。

辻　そういうところをさぐりながら、「雑」の観点から民主主義を見ていきたいですね。「弱さの研究」は、弱さを含んだ共同体のもつ強さに行きつきましたが、「雑の研究」では、共同体から民主主義というシステムと考え方の今日的な意味を探ってみたいなと思っています。

高橋　多様性を犠牲にしないで、どのように共同体をまとめていくか。どう折りあいをつけていくかが問題になりますね。

辻　もうひとつ、古代アテナイの民主制の特徴は、共同体の参加者です。アテナイの市民には奴隷と外国人と女性は入っていません。そこはよく根本的欠陥と言われているのですが、その規模はずっと三〜四万だったそうです。つまり、直接民主主義が可能なのは三〜四万人ぐらいではないかということです。アテナイ自体がそうでした。

高橋　規模の問題ですね。自治体の最大限度はどのくらいか、という。

辻　古代アテナイでは市民に要請されていたことがあります。これはハードルが高くて、民会に出る、議案についてディスカッションする、陪審員をやるなど、公《おおやけ》の仕事をいくつもやらなくてはなりません。時間配分でいうとプライベートと公が半々なんですね。ぼくたちは、選挙で投票するときだけが「公」に参加する時間。言ってみれば三年間で二秒。これもまた、ルソーが批判したことなんですけれどね。

古代ギリシャの直接民主主義は、公の時間と私《わたくし》の時間を同じにしろという要請なんです。公の範囲はいろいろあって、国防のために兵士になって戦争に行くことも入ります。アテナイ市民の誇り高き義務として引き受けろ、というわけです。いまの民主主義が、参加のハードルをどんどん下げていったことと、「雑」が消えていくことはリンクしていると思うんです。

辻　なるほど。公にかかわる時間を削っていくうちに、多様性としての「雑」も失ってしまった。

高橋　プラトンやソクラテス、アリストテレスも民主主義に批判的だったんですが、その批判は統治のところに集中しています。「移ろいやすい大衆の気持ちで決めていいのか」と、ポピュリズムを批判している。

プラトンは、すべてをよく知った賢人王とか哲人王が決めるのが一番いいと言いました。成功率でいったらそうかもしれない。けれど、間違っているかもしれないけど民衆が自分で運命を決める、ということとはまったく意味が違います。みんなで決める、雑のままで。これは、何を善きものと考えるかという思想の違いでもあるんですけど。

アリストテレスがアテナイの国政について論じたものが最近発見されたんですが、ポピュリズムになるからダメだと言いつつ、システムはよくできていると書いている。アリストテレスがとくに興味をもって記述しているのは、くじ引き制です。アテナイの民主主義の思想には二面性があって、ひとつはすべての市民に参加を求める、アテナイ市民の人間性への信頼ですね。その反面、くじ引き制をなぜやるかというと、一年以上公務をやると絶対腐敗するという人間性への不信があるんです。何年もやっていると、そこに権力が集中して腐敗するから。とくにお金に関係することで。

辻 まったくその通りですね。だからこそのくじ引き制。

高橋 そもそも誰になるかわからないし、しかも一年しかやらせない。

辻 最近、くじ引き制はかなり真剣に議論されていますね。とくに欧米の地方自治体では。

ローカルに息づく「雑」

辻 高橋さんの話を、ぼくの考えていることとリンクするなと思いながら聞いていました。いま注目しているのが、いわゆる増田レポート[*4]、地方消滅論と、それをきっかけにわき起こった議論です。増田レポートにはかなり危険な思想が含まれていると思い、注意して見るようにしています。増田寛也氏はまた自民党と組んで「地方創生」をぶち上げている。この流れを一国主義的に考えてもわからないので、世界的、世界史的な文脈の中でしっかり捉え、批判することが大切だと思っています。これに中心でかかわっている、いわゆるテクノクラート（技術官僚）たちは、グローバリゼーションの中である種の専門性をもって台頭してきた人たちです。ひと昔前の自民党の代議士なんかより、ずっとソフィスティケート（洗練）されたタイプの人たちです。

一方、地方消滅論に対抗するおもしろい流れが出てきています。ひとことで言えば、グローバルに対してローカル。地域に活路を見いだす。地域からの再生こそが希望なんだという考えです。

「地方消滅論」の主張は、単純化してしまえば、合理主義を徹底させて、中央の原理を地域にまでもたらし、グローバル化で日本を覆いつくすということ。TPP[*5]をはじめとする貿易自由化とともに、この「地方消滅＝地方創生」論こそグローバル化の最終段階、いわば「仕上げ」として考えられているのではと思うんです。

高橋　要するに、地方はこのまま行っても枯死《こし》するから、中核都市だけ生き残るという考えですね。

辻　「人口のダム論」といって、過疎の山村などを切り捨て、中核都市に人々を集めることで地域を維持する。過疎とか限界集落とか、ひどい呼ばれ方をされてきた集落は、官僚や政治家からすればこの

＊4　増田寛也（岩手県知事、総務大臣をへて現在は東京大学公共政策大学院客員教授、野村総研顧問）が座長を務めた「日本創生会議」が二〇一四年に発表した提言「成長を続ける二一世紀のために　ストップ少子化・地方元気戦略」をさす。

＊5　「環太平洋パートナーシップ協定」の略。太平洋周辺の一二カ国が参加し、幅広い産業分野における規制の撤廃と経済自由化をめざした経済連携協定。アメリカのトランプ政権が脱退を表明し、現在は一一カ国によるTPP11の発効がめざされている。

上なく非効率で、それを正すために、コンパクトシティと呼ばれる効率的な都市に、分散していた人々を集めて高層マンションに収容し、理想的な消費者に仕立てあげていくわけです。
わかりやすいモデルが、いま大人気の武蔵小杉（川崎市）。高層ビル群と巨大ショッピングモールの、あの風景には驚きです。ぼくが住んでいたころのアメリカの再現、あるいはここ一〇年、二〇年、韓国で進められてきた「未来都市」の後追いですよ。香港やシンガポールにも似ている。五年前くらい前に、中国の地方都市でもすごい勢いで高層アパート群を建てて、農村の人口をそこに収容していきましたが、それが武蔵小杉で起こった。
徹底的にサービスを民営化して、ゆりかごから墓場まで、つまり子育てから介護まで、グローバル大企業に任せる。人々は基本的に労働と消費以外はなんにもしなくていい。せっせと大企業のために働き、その給料でせっせと大企業の商品やサービスを買う。一挙手一投足が、すべて経済市場につながっていて効率的で無駄がない。ロボットやドローンも活躍する、一種の理想郷です。
ＴＰＰがめざすのも、農業を企業の手に渡すだけでなく、グローバル大企業が保険でも医療でも支配的になっていくことでしょう。でも、それを進めている人たちは悪意ではなく、善意でやっているわけでね。ぼくからすると、気味の悪い人間工学のようなものが進んでいて、人々はまんまとそれにはめられているように見える。これはスマートなファシズムじゃないかって思うんだけど。

アシュレイ・モンタギュー[*6]は、タッチングの重要さを論じたり、愛についてのユニークな研究をしましたが、その人の晩年の本に『「非人間化」の時代』があります。そこで彼が批判の矛先を向けたのが、行動主義（behaviorism）。二〇世紀のアメリカの主流社会の思想的バックボーンは行動主義だったんだなと痛感させられます。パブロフの犬みたいに、人間の心理や行動は操作できるという考え方ですね。

現代日本の政治や行政の舞台でも、テクノクラートたちが人々を予測可能で操作可能な、パブロフの犬のような存在とみなして、合理的で経済効率のいい、彼らなりの理想郷に向けて、忙しく動きはじめているのではないですか。そういう筋道が、日本でもいよいよ本格的になってきている気がします。これに対抗する思想の核として「雑」があるのでは、と考えているんです。

高橋　増田レポートは、一応説得力があったじゃないですか。

＊6　アシュレイ・モンタギュー（一九〇五―一九九九）イギリス生まれのアメリカ合州国の人類学者。『「非人間化」の時代』（阪急コミュニケーションズ）はフロイド・メイトソンとの共著。

辻　あの説得力は統計の力ですよね。数をいきなり突きつけるというのがテクノクラートのやり方です。でも、それに反論するのに同じ土俵に乗ってはいけないんでね。人間が生きていくというのは数の問題ではないんだ、と言えばいいんです。

地方消滅論への反論には、なかなか読み応えのあるものがあって、いろいろ学ばせてもらっています。たしかに人数は減っているけど、こんなに活力のある町や村があるという例はたくさんある。人口の減少と活力の減少は比例しないどころか、反比例する場合さえ少なくありません。市町村が統廃合されて「村」ではなくなった集落が、「私たちは村を続けます」という宣言を出したりする。そういう例がいっぱい、報告されている。[*7] ここには「雑」の思想が息づいていると思います。

江戸時代の終わりには、人口はいまの四分の一の三〇〇〇万にすぎないというのに、六万以上もの自立的な村落共同体がありました。そう見れば、「疎《まば》らすぎる」とか「もう限界だ」というのは都市の偏見にすぎません。「過疎」、つまり「疎《まば》ら過ぎる」の基準は何かということが問題なんです。それは、マクロ経済やグローバル市場や、費用対効果といった基準に合わないから効率的じゃないというだけのことです。山村に散らばって住まれると、道路も水道も整備しなきゃいけない、冬は除雪もある。年寄りの面倒をわざわざ見にいかなきゃいけない。なんという無駄だ！　というわけです。

高橋　それって計量化しているわけですね。要するに、みんなおなじ個体、クローンみたいなものと見ているから、そういう発想ができる。そこで想定されているのは、もはや「ひとり」じゃなくて、同じ性格をもった、たんなる「個体」にすぎないんです。

辻　そもそも、地方消滅論で人々を脅かしているのは、地方からの人口流出を促進し、荒廃させる政治をやってきた張本人たちですからね。そういうふうに中央が出してくることに対して、反論や対抗の気運が生まれてくるわけで、その意味でいまはおもしろい時期、ぼくらの思想的な力が鍛えられていく時期かもしれませんね。非効率の思想としての「雑」を育てたいなと思います。

効率と正反対の、不便なほうへ、「雑」のほうへ、おもしろがって向かっていく人たちもたくさん出てきている。[*8] そういう人たちが、昔の寄り合いみたいなかたちで三日三晩ずっと話しあう。すると、そこから自治がよみがえったり、民主主義が再生したりするかもしれない。高橋さんの言うラディカルな民主主義ですよね。そういうものを「雑の研究」で取材したいなと思っています。

「雑」の研究の道筋

辻　「雑」というのは、近代的合理主義やリダクショニズム（還元主義、縮減思考）に対する異議申し立てという意味をもつんでしょうね。単一性、画一性、効率性などへとリデュース（縮減）する思想に

＊7　小田切徳美『農山村は消滅しない』（岩波新書）、山下祐介『地方消滅の罠』（ちくま新書）、大江正章『地域に希望あり』（岩波新書）、相川俊英『奇跡の村』（集英社新書）ほか。

＊8　こうした流れを代表するものとして、山崎亮とそのコミュニティデザイン論に注目したい。山崎亮『コミュニティデザインの時代』（中公新書）、『縮充する日本』（ＰＨＰ新書）。

対する批判。そして計測可能性（メジャラビリティ）という原理への抵抗。「雑」を通して、そういうことをぼくたちは考えようとしているんじゃないかな。

高橋　要するに、「個体」に戻すということだと思うんですよ。手続きとしては、具体的な場所、具体的な事例、具体的な人、というかたちで考えていくことになるのかなと思います。

辻　量子力学も、それまでのニュートン以来の物理学における還元主義に対するラディカルな批判だったわけですし。さっきの行動主義じゃないけど、原因と結果の一対一的な対応、一定のインプットにはこういうアウトプットがあるといった予測可能性、計測可能性といった世界観に対する批判でもあります。

高橋　そもそも世界は予測不可能だ、という考え方ですね。

辻　一方で、複雑系で言う「雑」もあります。

高橋　複雑の「雑」ですね。ぼくは作家なのでよく思うんですが、文学は複雑系そのものなんです。単純なものの見方にずっと反対し続けてきた。単純化という考え方には過去がない。たとえば、七〇年前に人が死んだという記録と、五〇万人の死という記録があるとする。でもそこには記録があるだけで、過去がない。

戦争責任の問題にしても、アジアに対してこれ以上謝罪する必要などないという考え方は、過去がないから出てくるものだと思います。それは「終わった」ことで、現在のわれわれとは関係ない。でも、過去は当然あるでしょって文学は思う。具体的にいえば、本の中に過去の作家たちの言葉は生きている。いま読むと、いま生きている人間よりも生きているように聞こえる。だから過去は終わっていない。そして、謝罪も戦争責任も存在している。

世界はぼくたちの見方によって、解釈によって姿が変わっていきます。過去はまさにそうじゃないですか。過去なんて、ないと言えばないし、あると言えばある。どういうありかたをするかというと、各人の想像力の中で、そこに触手を伸ばしていけばその存在を触知できる。それは想像力の問題だし、言葉の問題なんです。

辻　複雑性と多様性をもって、還元主義的な文明に対して、あるいは経済効率主義に対して対抗していく。ぼくたちの共同研究では、そういう考え方を孕《はら》んだ豊かな概念として「雑」を見ていこう、と言えるでしょうか。

「雑」と地球民主主義

辻　もうひとつ、ぼくの興味に引きつけていうと、「雑としてのエコロジー」という視点があるんです。前の「弱さの研究」のときにも、終わりのほうでエコロジーへの道筋が見えてきたという感じはあったんです。人間中心主義的なニセモノの進化論や進歩主義、弱肉強食、自然機械論のような古くさい考え方が、じつはいまだにぼくたちの意識を支配しているわけで、そこでは、強者としての人間が、弱きもの、劣ったものとしての動植物を支配するという世界観が生きています。

文化人類学の中でも、たとえば北方の先住民、狩猟民たちが、動物をたんに人間世界のメタファーとしてではなく、人格を認めたうえで、彼らを含んだ社会を想定していることを、まともにとりあげなきゃいけないと考えるようになってきました。

高橋　アイヌもそうですね。彼らにとって動物はたんなるメタファーじゃないですからね。

辻　作家では宮沢賢治がそうでしょ。賢治は決してメタファーとして動植物を描いていたのではなくて、動植物をはじめ、無生物も含めた者たちからなるコミュニティや社会を考えていた。それって、いまから思えばすごくラディカルなエコロジー思想ですよね。それをインドのヴァンダナ・シヴァ[*9]は「アース・デモクラシー」という言葉で表現していますが。

デモクラシーの「デモ」というのは「デモス」、つまり人間のことですけど、そこを少し拡張解釈して考えると、生きとし生けるものの世界を成り立たせている者たち全体が、この世界をどういうふうにしていくのかについて考え、議論に参加するという視点が出てきます。いまでは多くの科学者が、すべての種が投票権を持った、国連ならぬ「全生命連合」に大真面目に言及したりしています。

高橋　宮沢賢治は完全にアース・デモクラシーですよね。熊も犬も人間もよたかも、全部同じレベルの存在として描いている。『オツベルと象』でも、人間と動物のレベルが一緒で、どっちかというと人間のほうが低いくらい。それは比喩やメタファーじゃなくて、世界はそうなっているんじゃないかと彼には見えていたんでしょうね。

辻　『なめとこ山の熊』はとくに好きな作品なんですけど、あれは人間界を映しだすための寓話ではないですね。文字通り、動物たちや人間たちを同列の参加者とした一種の民主主義、社会のありかたを考えている。賢治からずいぶん遅れをとったけど、ぼくらもやっと、そういう時代に来ているんじゃないかと思うんです。

高橋 熊と人間の民主主義ですからね。種が違うのに民主主義が可能だっていう、ものすごくラディカルな物語です。

辻 「ガイア仮説[*10]」というのは、そういう民主主義の話を科学のレベルで言っているわけで、「雑」の議論もそこまでもっていけるといいんですけど。

高橋 おもしろいですよね。たとえば、古代ギリシャの民主主義の専門家もいいし、もっと幅広い、地球民主主義的な考えをもって活動している人とか、宮沢賢治の研究家でもいいかもしれない。

辻 動植物や菌類の知性、ガイア仮説などの自然科学の研究者もいいですね。「利己的な遺伝子」のリチャード・ドーキンス[*11]的な還元主義をどう批判するかを聞きたい。生き物の知性ということでは、や

---

*9 ヴァンダナ・シヴァ（一九五二―）インドの哲学者、環境活動家。ライト・ライブリフッド賞、福岡アジア文化賞大賞などを受賞。著書に『アース・デモクラシー』（明石書店）、『食とたねの未来をつむぐ』（大月書店）ほか。

*10 地球全体の生態系を、自己調節機能をもつひとつの生命体に見立て、その中で人類の技術や環境破壊の影響を考慮すべきとする仮説。イギリスの科学者ジェームズ・ラブロックらが提唱した。

*11 リチャード・ドーキンス（一九四一―）イギリスの進化生物学者・動物行動学者。生命の適応の主体を、個体ではなくそれを乗り物とする遺伝子であるとする「利己的な遺伝子」説の提唱で大きな影響を与えた。

はり、ぼくたちをとりまく唯脳主義的な思い込みをなんとかしたいですね。

高橋　そう。全部が脳で、肉体がない。

辻　とくに日本人は脳科学が好きじゃないですか。

高橋　脳がこういうものだから人間はこうなんだって考える、脳還元主義ですよね。

辻　人間の「強さ」を体現しているのが脳。脳こそ強さとなれば、ほかの生き物は弱く劣っているからダメだということになる。

高橋　能力の「能」とブレインの「脳」が一緒になっちゃってる。

辻　無脳＝無能だ（笑）。脳を一度インテリジェンスから切り離し、「脳」と「能」を切り離すのが、新しい科学かもしれない。

高橋　そもそも植物には脳がないですしね。本来デモクラシーというのは、違っていてコミュニケートするのが難しい者どうしが、なんとか一緒にやっていくということでしょう？　最初は同じ言葉を話す小さな共同体から始まって、人間と植物と動物のあいだの民主主義に至る。それはおもしろい考えだと思います。たとえば植物は言語をもっていないので、こっちが彼らの言葉を聞き取るように努力しないといけない、といったことを考えていくと、すごくおもしろい。

辻　「雑」というコンセプトを核にして、民主主義を根本的に考えなおしてみるのはいいですね。

高橋　われわれがお仕着せで受けとっている現在の民主主義がいかに狭いか。人間の民主主義の、そのまたごく一部を民主主義としてうやうやしく戴いている。

辻　しかも、それって国際的に見てもほんとうに狭い。

高橋　それなのに、ほとんど気づけていない。

辻　そもそも民主主義はまだ始まってないってことかな。

高橋　そう、始まっていないとも言えますよね。

辻　国家などという枠組みのない場所で、その多様性を犠牲にすることなく一種の調和をつくっていく。これまで存在したすべての共同体、民族、文化に、そういうなんらかの知恵があったわけだから、そこに注目しなきゃダメですよね。

生物多様性は環境問題を考える上でのキーワードですが、多様性という言葉では言い足りないんですね。自然界は無限で、それでいて完全な調和をつくりだしている。多様性を言い換えると「雑」です。その「雑」が調和であるという、一種の理想を表現しているのが自然界だと思うんです。

高橋　ほとんどのメディアが、いまあるシステムを前提として受け入れた上で議論しようとしている。

辻　「ハッピー・リトル・アイランド　長寿で豊かなギリシャの島で」（ニコス・ダヤンダス監督）というドキュメンタリーがあります。ギリシャの経済危機で絶望した若いカップルが、新天地を求めて地中海の島に移住していく話です。現地のおじいさんやおばあさんたちに話を聞いていくんですが、都会でみんな金を追いかけているけど、そんなの幻想じゃないか、こうやってうまいものを食べて、うまい酒を飲んで、しょっちゅう踊って暮らしていればほかに何が必要なのか、という答えが返ってきます。自給型の暮らしがまだ生きていて、都会ではもう流行らない社会主義的な考えや、伝統的な共同体精神みたいなものが、まだまだ生き生きとしている島。女の子はそこにあっさりはまっていくんですが、男は悩んで、だんだんうまくいかなくなって別れてしまう。
いまのギリシャについて、メディアはバカのひとつ覚えみたいに、都会の銀行の前に列を作って不平を言っている人たちの姿しか映しません。まさに還元主義ですよね。多様で重層的な現実を切り縮めて、「ああいうふうにならないように、せっせとグローバル経済を勝ち抜きましょうね」というメッセージに転化してしまう。

高橋　ギリシャバッシングをしていますよね。つまり、働かなかったからツケが回ってきたんだろ、いい気味だって。生活保護バッシングと共通していませんか。
スティグリッツ[12]とか、クルーグマン[13]といった優れた経済学者たちが言っていましたが、そもそもギリシャは多額の債務を抱えているというけれど、借りたお金はほとんど返済金として債権国に戻っていく。まるっきり返していないわけじゃなくて、大半はドイツを筆頭とした債権国の銀行に入っているんです。巨大債務をずっと払い続けなきゃならない構造です。

辻　日本の「地方消滅＝地方創生」論へのひとつの回答はギリシャなのかもしれないなと、ふと思うんです。それは、銀行の前で年金を要求することしかないギリシャではなく、「ハッピー・リトル・アイランド」としてのギリシャです。地方へ分散して、システムなんてほったらかして、のんびり暮らそうぜ、みたいな。

高橋　見ようによってはギリシャは進んでいる。二五〇〇年前から、いまの事態を予測していたのかもしれないなと思います。

辻　そういう意味では、ギリシャに注目、かもしれません。

高橋　いま民主主義が大きな問題になっているときに、原理までさかのぼって考える役割があると思いますよ。安保法案が強行採決されて民主主義が壊れたという考え方があるでしょう。けれど、ぼくはそれには反対なんです。代議制民主主義だから、数の多いほうが強行採決することには、反対しにくい合理性があります。それは、代議制民主主義が本来もっている反民主主義的な部分が出てきたということだと思います。もちろん、原理としての民主主義から言うなら、代議制民主主義の反民主主義な本質を露骨に出さないために、強行採決はしないというルールは守らないとね、と言うことは必要です。でも、強行採決は民主主義の本質を壊したとは思うけど、議会制民主主義の本質は壊していない。そういうふうに言う人はあまりいないんですがね。

ぼくたちはもっと長いレンジでものを考える必要があると思います。みんなが民主主義が問題だと言っているときこそ、二五〇〇年前のことを考える、ネイティブ・アメリカンの民主主義を考える。こういう研究のしかた自体が「雑」で、それがまたいいのかなと思っています。

＊12　ジョセフ・ユージン・スティグリッツ（一九四三―）アメリカの経済学者。二〇〇一年度ノーベル経済学賞受賞。

＊13　ポール・クルーグマン（一九五三―）アメリカの経済学者。二〇〇八年度ノーベル経済学賞受賞。

第3章　座談で「雑」を広げる・深める

座談会参加者
田中優子（江戸文化研究者、法政大学総長）
山崎　亮（株式会社 studio-L 代表、東北芸術工科大学教授）
「しあわせの経済」世界フォーラム２０１７（一一月一一～一二日、東京・明治学院大学にて開催）分科会「雑×ローカル×しあわせ」にて

辻　今回は、高橋さんとぼくという共同研究の常連に加え、「雑」に通じていらっしゃると思われる、田中優子さんと山崎亮さんという二人のゲストのお話を聞きながら、「雑」を新しい視点から見ていきたいと思います。ぼくとしては、それがきっと「ローカル」そして「しあわせ」という、この世界フォーラムの二つのキーワードに光を当てることにもなるだろうと期待しているわけです。

高橋　辻さんの考える「雑」と、ぼくの考える「雑」は重なっているところもありますが、違っているところもあります。ただ「雑」という考え方が、いまの時代にこそほんとうに必要ではないかというこ

とでは一致しています。重なっているところと違うところが混在している、それ自体が雑の雑たる所《ゆ》以《えん》であり、「雑」はいろんなところから焦点化できる大きいテーマだと思うので、ゲストの皆さんの「雑」についてのお話を聞きながら、それをさらに広げ深めていきたいと思います。

辻　では、まず江戸文化研究者である田中優子さんのお話をうかがいましょう。田中さんとぼくは、『弱さの思想』に先立って『降りる思想』という本も書いています。

雑なる世界、江戸の豊かさ

田中　ここまでの「雑の研究」の対談を拝読したのですが、すごくおもしろいテーマですね。「雑」で共同研究ができる大学というのもすごい（笑）。どうしておもしろいと思ったかというと、私の専門である江戸時代と、いろんな点で重なってくるからです。

最初に、この絵をご覧ください（図1）。寺子屋の絵です。寺子屋の絵はたくさん残っているのですが、どれを見ても驚くのは、子どもがみんな先生のほうを向いていない（笑）。前を向いてもいなければ、同じ方向も向いていない。いわば学級崩壊状態です。

高橋　最高ですね、これ（笑）。

田中　まさに「雑」でしょう？　ラーニング、習うということは本来「雑」なんです。一人ひとり違う学習者に合わせた「アダプテッド・ラーニング」（またはアダプティブ・ラーニング）という概念もあり

図1　渡辺崋山『一掃百態』(国立国会図書館デジタルコレクションより)

ます。スポーツでは「アダプテッド・スポーツ」という言い方がよくされるそうで、たとえば障害者や高齢者の一人ひとりに適したスポーツという意味です。障害者スポーツと健常者スポーツという区分ではなく、一人ひとりに合ったスポーツを考えましょうということですね。

学ぶこともほんとうは同じで、どんな年齢だろうと、どんな子であろうと、一人ひとりそれぞれに教えましょうというのが寺子屋です。先生は、一人ひとりの子どもに合った教科書の組み合わせを「これを勉強しようね」と渡して、それを添削してまわるというスタイルです。子どもたちは入学するときに自分の机を持ってきて、自分の机を持って卒業します。その机はその後も自分で使っていくんです。そうやって自分の机、自分の場所、自分の学ぶ場所を持ち続け、生涯「アダプテッド・ラーニング」をくりかえしていく。まさに「雑」としての習いごとと言えませんか？これこそ本来は大学が取り戻していかなくてはいけない姿勢だと思っています。

辻　この寺子屋の絵を熟語で表すと、まさに「雑然」ですね。「雑」の重要な要素のひとつである「多様性」もここには表現されている。

田中　そうです。

辻　多様性を英語で言えばダイバーシティですが、これは「ローカル」や「しあわせ」というテーマにとってもたいへん重要な言葉だと思います。ダイバーシティはいまや世界の流行語のようですが、「多様性」という訳でよかったのかなと、ときどき思います。「雑多性」がいいのでは、なんて。

田中　私は自分の大学で、「ダイバーシティ化しないグローバリゼーションはなし」と言っているんです。ほんとうは文部科学省が旗を振る「スーパーグローバル大学[*1]」ではなく、「スーパーダイバーシティ大学」であるべきだと思っているからです。

辻　グローバルという言葉がやっかいなのは、ダイバーシティ、つまり多様性をイメージさせやすいからですね。でも、実際に世界で進行してきたグローバル化では、むしろ均質化や均一化の方向が強まってしまっている。

田中　そうなんです。この絵（図2）、女の子の寺子屋も見てください。

高橋　すごい女子会ですね（笑）。

田中　ごちゃごちゃしているでしょう？　これが放課後も続くんです。帰るとき机は積んでいくんですけど、放課後、先生が見回っていると子どもたちが隠れていて脅かしたりする（図3）。そういういたずらを絵にするという感覚も不思議ですよね。

辻　ほんとうにごちゃごちゃ。ディスオーダー（無秩序）だね。

高橋　ちょっといいですか。「雑」の訳語のことですが、ダイバーシティとか多様性って言うとちょっと

図２　一寸子花里『文学万代の宝』（東京都立図書館蔵）

図３　歌川広重『寺子屋遊び』

＊1　大学における教育研究のグローバル化を進めるための「グローバル大学」構想に基づき、三〇校程度の大学を指定して重点的に支援するために二〇一四年に文部科学省が創設した事業。日本の大学の国際競争力の向上とグローバルな舞台で活躍できる人材の育成を目的として掲げる。

格好よすぎるんじゃないかなって思ってるんです。「雑多」「雑種」「雑兵」「煩雑」「猥雑」「乱雑」って、「雑」の入っている言葉を辞書で引けば、ほとんどネガティブな意味なんですね。

辻　そう。否定的なニュアンスは忘れちゃいけないですね。

田中　たしかに、それはよくわかります。そういえば高橋さんが民主主義と「雑」のかかわりについてお話をされていました（第2章）が、江戸時代の村では「寄り合い」がものすごく大事だったんですよ。「寄り合い」って直接民主主義なんです。全員が参加しないと始まりませんからね。ただし、いまと少し違うのは、「全員」という意味が一家につきひとりだということです。

寄り合いで決まったことは、「名主（あるいは庄屋）」「組がしら」「百姓代」の三人に伝えるのです。村長という存在は江戸時代にはありませんでした。町長も知事もいない。つまり長とつく人、ひとりのリーダーという形はないんです。かならず三人。それはつまり、チェック機能が働くということです。

高橋　三権分立ですね。

田中　いえ、三人です（笑）。三人で話しあって、寄り合いの意見を吸い上げながら、こうしようと決めたことを藩役人とか幕府に伝える。言うなれば、たんに伝える役目ですね。寄り合いの意見をきちんと反映させなかったら一揆が起きますから大変です。江戸時代に一揆は頻繁に起きていて、とても健全なことなんですよ。

これは農村の話ですが、では、江戸のような大都会ではどうだったかというと、まったく同じなんです。住民が暮らしている長屋には家主がいます。住民にとって家主は部屋代を払う相手ですが、住民たちといつもやりとりしていて、その意見を「町名主」のところへ届けることもします。町名主は何百人という単位でいて、その人たちが今度は「町年寄」に意見を伝える。この人たちも町人で、これも三人なんです。ここでまとまった意見を、幕府の奉行のところに上げるかというと、別に伝えなくてもよくて、聞かれたら答える程度です。なぜかというと町人は税金を払っていないからです。だから、税金についての話し合いは必要ないので、聞かれたら答えましょうというくらいで、ゆるやかに筋を保っているんです。

高橋　いまより民主主義的ですね（笑）。

田中　ええ。現代は江戸時代よりも人口が増えていますから、直接民主主義は難しいと思いますが、こういう仕組みについては考えていくべきだと思います。

江戸時代は儒学思想が柱でしたが、そんなのおもしろくないでしょ、と思っている人もたくさんいました。もしも孔子の『論語』がこの世を覆ったらどういうことになるか、という事例を集めた漫画本があってですね。もしも追剝ぎがいなくなったら「追剝がれ」が出てくる、というんです（図4）。自分が持っている物を全部あなたにあげますと言って、服を脱いで、お金も全部押しつけて逃げていく。それが「追剝がれ」。「『論語』に忠実だと、そんな世の中になるけどいい？」と笑いながら考えるわけですね。

辻　まさに落語の世界ですね。

山崎　ぼくが中学生のときの話なんですが、学年の何人かが万引きで捕まったので、先生たちが口うるさ

図4　山東京伝『孔子縞于時藍染』（早稲田大学図書館蔵）

く「万引きはやめよう」と説教をしたんです。あまりに万引き、万引きって言われるから「逆に万押ししてやろうぜ」って友だちと話しあって、クラスメイトの親がやっている本屋に、自分の持っている本を勝手に置いてくるってことをやりました。扉のページに「万押し」って大書した本を、店主の目を盗んでこっそり棚に差し込んでくるんです。

辻　それ、まったく同じじゃない！

高橋　それこそ追剝がれですよ。

山崎　そう。ぼくたちがやった万押しが追剝がれだったのかって、聞いていてびっくりしました（笑）。

高橋　商品経済への挑戦ですね。

田中　みんなでそれをやると経済がめちゃくちゃになりますね。

辻　シェアと贈与の経済になっちゃう（笑）。やはり「雑」は経済と密接なつながりがありますね。もともとあったローカルな経済はけっこう雑だったのに、市場経済

図５　英一蝶『見立て業平涅槃図』
（東京国立博物館蔵）

図６　伊藤若冲『果蔬涅槃図』
（京都国立博物館蔵）

が世界を支配する時代になると、そういう雑な部分がどんどん規制され、衰退していく。

田中　そうすると、私たちは経済についてもっと新しい考え方で行動することが必要かもしれませんね。

次に、これは「仏涅槃図《ぶつねはんず》」のパロディです（図５）。もとは、お釈迦様が亡くなるとき世界中から菩薩、如来、僧侶、善男善女が集まってきたという絵ですが、じゃあ在原業平《ありわらのなりひら》が死んだらどうなるだろうっていうのがこれ。女性にもてた歌人だから、集まってきたのは女性と、動物や鳥などの雌。

辻　人間も動物も、すべて雌！

田中　次にこれ（図６）、絵は伊藤若冲《じゃくちゅう》が描いたものですが、大根が死ぬとどうなるかというものです。その場合、八百屋にある大根以外の野菜がみんな集まってくるだろうって（笑）。

なぜこういうパロディ絵があるかというと、仏教にどことなく権威的なものを感じていたんでしょうね。江戸の人たちは、そういう権威を見つけると、とにかくそれを笑いのめすんです。まさに落語ですけど。ここに「雑」があると感じました。

図7　歌川国芳『荷宝蔵壁のむだ書き』
（国立国会図書館デジタルコレクション）

江戸時代にはよく生活のあれこれにお上の規制がかかりました。すると江戸の人たちは抜け道を考える。たとえば幕府から「役者の似顔絵をはじめ、似顔絵というものを描いてはいけない」と規制がかかりました。「だったら似顔絵は描かない、落書きだけ描くよ」と、国芳という浮世絵師が「壁のむだ描き」というのを描きました（**図7**）。

高橋　これ、バンクシーって感じですよね。ロンドンを中心に活動している覆面芸術家で、社会風刺的なグラフィティアートやストリートアートを世界各地でゲリラ的に描いている。

田中　江戸の人たちは、規制されたら別のやり方を見つけてやってしまうんです。

図9　鳥居清長『化物箱根先』
（国立国会図書館デジタルコレクション）

図8　歌川国丸『新版化物念代記』
（国立国会図書館デジタルコレクション）

辻　上手なパロディになっていますね。

田中　ひっくり返して笑いをプラスしていく。

辻　「雑」の意味のひとつとして「無駄」も入りますね。無駄描きの「無駄」。

田中　江戸にはこんな「雑」がいろいろあったんですが、「化け物」の世界はほんとうに「雑」だなと思います。卵に目と足をつけただけで化け物が生まれてしまう（図8）。いろんな化け物が集まって宴会を開いている絵もあります（図9）。

辻　まるで日本版ハロウィンだ。

田中　『東海道中膝栗毛』で有名な十返舎一九《じっぺんしゃいっく》も膨大な化け物作品を作っています。「変な人たちはおもしろい」っていう感覚がありますね。ここにも「雑」な世界があるでしょ。

それから、着物の模様にも変でおもしろいのがあっていいよねという感覚があって、ウナギの蒲焼をつないだ模様（図10左上）とか、「本田鶴」なんていうのもあります（図10右）。本田というのは、本田髷《まげ》という髷の種類で、男の人の頭を上から見るとこういう模様になるんです。

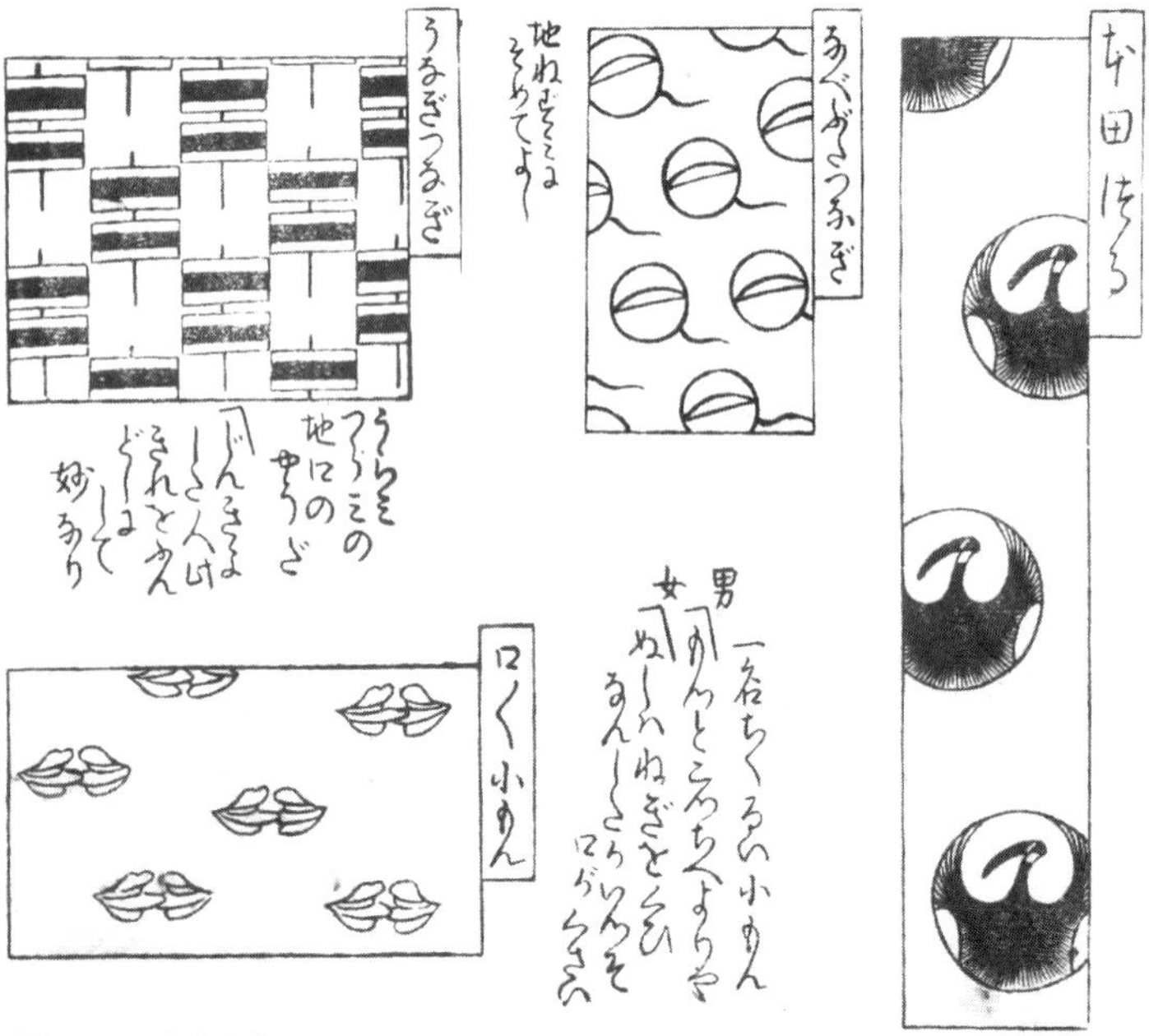

図10　山東京伝『小紋雅話』（早稲田大学図書館蔵）

「口々小もん」（図10左下）は、よく見るとキスしていますね。セリフまでついていて、男「もっとこっちへよりや」女「ぬしはねぎをくいなんした、口がくさい」（笑）。

このわかりにくくて不思議なのが「鍋蓋つなぎ」（図10右から二番目）。木で作って取っ手がついた、昔の鍋の蓋ですね。では、このチョロチョロはなんでしょう？　横に「ねずみに染めてよし」って書いてあります。ねずみ色に染めるといいよって。台所で料理をしていたら、ねずみがチョロチョロって出てきて、思わず鍋の蓋を取って押さえた。

高橋　この下にねずみがいるんだ！

田中　で、「どうしますか、皆さん」ってこ

図 11　『熙代勝覧』（ベルリン国立アジア美術館蔵、写真は複製）

図 12　田中優子『江戸を歩く』（集英社）より
（撮影：石山貴美子）

図 13　葛飾北斎『絵本隅田川両岸一覧』
（国立国会図書館デジタルコレクション）

とです。力を抜くとねずみが逃げちゃうし、押しつけると汚いし。その瞬間を模様にしている。こんなふうに、生活の中にはいくらでも模様のネタがあるということがわかります。

　これは江戸時代の日本橋（**図11**）。青市場、魚市場、すごい人、まさに雑踏です。一方、これは現在の日本橋（**図12**）。なんか暗いですよね。こちら（**図13**）は両国、橋の上は雑然としていて、芝居町（江戸三座や浄瑠璃の劇場が集まった堺町、葺屋町、猿若町のこと）に行くとまさ

図 14　渓斎英泉『江戸両座芝居町顔見世之図』（国立劇場蔵）

図 15　歌川豊国『寛政期劇場内部図』（国立劇場蔵）

に雑然と人がいる（図14）。舞台の向こうまで観客がいます（図15）。歌舞伎の観客席も、いまは「鑑賞」していて静か。江戸時代にそんなことはありえませんでした。みんなわあわあ騒いで、飲み食いしながら観ています。そのうち見てるだけでは物足りなくなって、役者のものまねをやり始める。こんなふうに、みんながものまねをしたがる世界は盛り上がりますよね。

これは（図16）、百人一首に自分をなぞらえて、歌人になりきってものまねを

図16　宿屋飯盛『古今狂歌袋』（国文学研究資料館蔵）

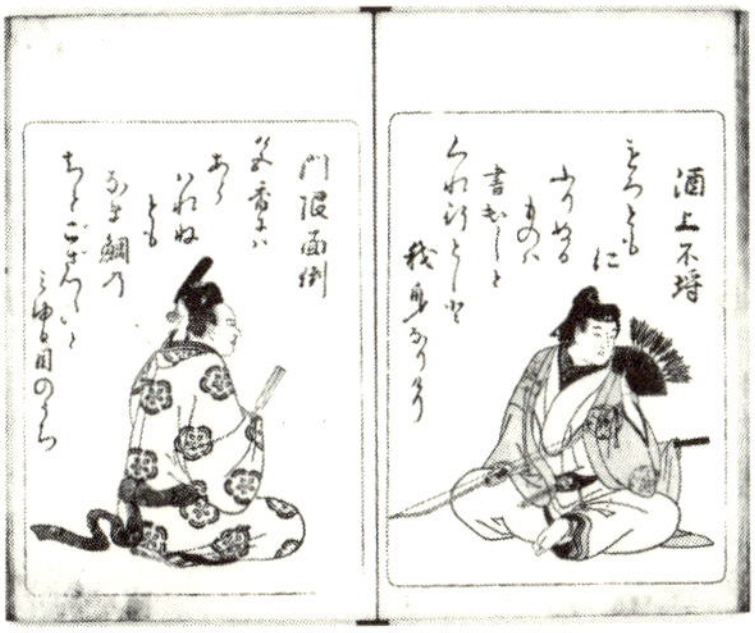

図17　『吾妻曲狂歌文庫』（国文学研究資料館蔵）

図18　喜田川守貞『守貞謾稿』より（国立国会図書館デジタルコレクション）

する文学者たちです。「元の木阿弥《もくあみ》」とか「尻焼猿人《しりやけのさるんど》」なんていう人が出てきます。ほかにも「酒上不埒《さけのうえのふらち》」とか「門限《もんげんの》面倒《めんどう》」とか、狂名を自分で作っては参加します（図17）。これはつまりアバターですよね。アバターを作っていろんなところに参加して、自分を複数化していく。つまり自分を複雑にしていくんです。そういう人たちが、遊郭とか芝居町でそれぞれ楽しみますから、茶屋のプロデュースによって年中行事のエンターテイメントが雑然とできていきました。

　これは「灰買い」、残った灰を買い取る業者です（図18）。江戸の経済は循環型で、どこかに溜めといてもしょうがないでしょ、という発想があるんですね。物もそうだし、都市に暮らす人たちの排泄物やゴミも全部流通させる。地方に持っていって発酵させ、土にまいて野菜を育てる循環システムもできていました。この全体を経済と言っていたんです。こんなに雑然としているようで、しかしそれでも循環型の社会がちゃんと成り立っていた。それが江戸時代についての私の話のまとめです。

辻　なるほど。雑然としているけれど、無秩序ではなくある種のまとまりがちゃんとある。一見ディスオーダーに見えるけどオーダーもある。

田中　経済はもともと「経世済民」ですから万民を救済するためのもの。だから、万民のためにものごとを運営していくには、木の伐採の限度なども考えられていました。現代の経済にも、なにか別の言葉、別の意味を発見しなくてはいけないのではないかと思います。

辻　ありがとうございました。江戸と「雑」、いやあ、じつにおもしろい話でした。

では続いて山崎亮さん、現代日本社会における「雑」の復権のために、とても重要な役割を果たされています。よろしくお願いします。

コミュニティは「雑」そのもの

山崎　studio-Lという事務所でコミュニティデザインという仕事をやっています。もともとデザイナーでしたので、雑なことはあんまり好きじゃないんです（笑）。〇・一ミリ単位で合わせないと気が済まないという仕事をしていましたから。でも、空間やモノのデザインをやめて、まちづくりや地域づくりにかかわり始めたら、むしろ雑じゃないとダメだなと思うことが多くなってきましたね。

辻 山崎さんは理系ですよね。理系って「雑」の対極のように思えます。

山崎 そうですよね。だから当初は「雑」に慣れるのがなかなか難しかった。ただ、住民参加で地域づくりを進めると、デザイナーがすべてを統治して美しい形を作り出すということが難しくなるんです。むしろ、参加してくれる住民とともに必要なものをいろいろと考えているうちに、芸術的計略性のような側面がどんどん減退していって、雑だけどシンプルなものができあがるように感じています。専門家だけで考えると、便利にしようとか、かっこよくしようとか、シンプルさのなかに便利さを内在させようとか、いろいろな考えが入ってしまって、結果的に人々に共感してもらえないものができてしまいがちです。でも、使う人たちが直接話しあい、試作し、使ってみて修正してみるということを一〇〇人くらいでくりかえしていると、雑だけどシンプルなモノや活動が生まれます。

辻 雑といえば「煩雑」「複雑」と、ふつうはシンプルの逆になりそうだけど、山崎さんの場合は、雑を通してシンプルに至るというわけですね。

山崎 ええ。専門家の頭の中で完璧だと思うものを作り上げようとする姿勢をいったん控えて、利用者たちの話しあいを創造的なものとして、ある種のダーウィニズムのように何度も何度も調整することで、専門家の頭の中だけではたどり着くことができなかったくらい、シンプルな状況をつくりだそうと思っています。

辻 山崎さんはいつも一〇〇〇枚以上のスライドを持っていて、その場に合わせて使っていくんですよね。

山崎　はい、今日は二六〇〇枚持ってきました。

辻　そこから選ぶんですか、この場で？

山崎　そうです。とても雑でしょう（笑）。即興でやるんです。

高橋　ジャズミュージシャンみたいだ（笑）。

山崎　かっこよく言うとそうですけど。さっきの話と同じで、「皆さんは多分、こういう話を聞きたいんだろうな」と想定して事前に完璧なパワーポイントを用意してくると、結果はだいたいすべるんです（笑）。だから、前の方がどんな話をされたかを聞いて、聴衆の皆さんの反応も見つつ、調整しながら少しずつ話してみて、受けなかったらその話はやめて（笑）また別の話にする。最終的に「まあまあ良かったな」と感じてもらえるところにたどり着けたらいいなと思っています。

辻　なるほど。ではいくつか事例を話していただきましょうか。

山崎　大阪府の泉佐野市ってご存じでしょうか。関西国際空港があるあたりです。そこで公園整備の計画が進んでいました。専門家が至れり尽くせりの空間を作ると、見た目はきれいかもしれないけど、利用者にとっては使いにくいものになる危険性が高いんです。公園の利用者から文句が出ることも多い。「なぜこんなところに階段があるんだ」「ベンチが少ないじゃないか」と。それなら、使う人たち自身に公園を作ってもらったらどうですかということで、専門家は公園面積の二割だけを設計することになりました。公園の入口付近の二割、ここはユニバーサルデザインの手法を用いて、ひとりでも多くの方が快適に過ごせる空間として専門家が設計する。一方で、その奥にある八割は雑木林、まさに

「雑」木林ですけど、それをそのまま残して、農器具小屋とトイレだけ設置しました。そのうえで、公園を作りたいという人たちを年間三〇人ずつ選んでチームを作り、彼らが雑木林を徐々に公園化していくことにしました。

その年のチームが、「ここは農園にしたい」とか「ここに舞台を作って演奏したい」と、それぞれ決めて自分たちで作っていくんです。ルールはひとつだけ。「自分たちだけが楽しむ空間にしてはいけない」。来園者の方々が楽しめるような空間で、しかも、あなたたちが案内できるような空間にしてくださいということです。

でも、いきなり公園づくりができるわけではないので、「パークレンジャー養成講座」という講座を一一回ほどやりました。これを一〇年続けていけば、いつ行っても作り続けている公園に出会えるわけです。いま八期生が学んでいますので、これまでに二〇〇人くらいのパークレンジャーが誕生しました。この人たちがいまも公園を作り続けています。

この公園づくりにどんな人が応募してくれるかと思ったら、若い人はあまり来ませんでしたね。多かったのは六五～七五歳くらいの、前期高齢者の方々です。三〇人限定なので、四〇〇字の作文を書いて応募してもらったところ、一一〇通もの熱い思いが達筆な文字で寄せられました。全員合格にしたかったのですが、どうにか三〇人に絞りました。

ところが、集まった方々はなんとなく不機嫌なんですよ。おかしいなと思って聞いてみたら、応募したのはどうもご自身じゃなくて奥さんだった（笑）。

高橋　奥さんが勝手に出しちゃったんですね。

山崎　そう。旦那が定年退職して毎日家にいてうっとうしい。どこかに出かけたら？　と言ってもどこにも行かない。そんなときに「公園づくりの担い手募集」というチラシが届いた。そこで、奥さんが達筆な文字で熱い思いを書いた、というわけです。

でも、そうやって集まってきた人たちを機嫌よくしていくのもぼくらの仕事のうちです。一カ月に一回ずつ、地域の景観や歴史、文化、あるいは循環の環境を学んでもらい、土がなぜ大事なのかを知ってもらったうえで修了証を出しました。いまでは、その人たちが雑木林を公園化していて、来園者を案内しています。「ここにハンモックをかけるだけで、こんな遊びができるんですよ」などと、本人たちも楽しそうです（図19）。

この公園の作り方では、デザイナーとしては自分の「作品」が作れているわけではない。建築家って、ポストモダニズムだとか、ネオルーラリズムだの、ヒストリシズムだの、コンテクスチュアリズムがどうだ等々と、「イズム」を掲げることが多いんですよね。

辻　そこから見たら邪道ということですね。

山崎　そう。山崎は何をしているんだって言われますね（笑）。でも、専門家がすべて考えたわけではないので、公園を作っているパークレンジャーの方々が、来園者に「ようこそ」って声をかけているんです。公園を自分たちの場所だと思ってお迎えする。公園のデザインに対する文句もほとんど出ません。自分たちで作っているわけですから、使いにくかったら自分たちで修正すればいい。雑かもしれ

図 19　泉佐野丘陵緑地のパークレンジャーの方々（studio-L 提供）

ないけど機能している。こういう作り方を発見すると、デザイナーの役割ってなんだろうと疑問を抱きますね。もっと言うと「専門家とは何をする存在なのか」ってことを考えてしまいます。だからといって、わざと「雑」に仕事する専門家は成り立たない気がする。つまり、純粋に思考を深めたり、素人が知らないことまで知っていたり、完璧なものを作り上げて対価をいただく専門家は、なかなか「雑」の価値をうまく使いこなせていない気がします。

辻　「雑」のひとつの定義に、「専門でない」つまり専門を超えるということがありそうですね。「雑学」という言葉もあるし。

山崎　そうですね。ワークショップやファシリテーションをやるときも、やる側が完璧だと参加者は意見を出しにくいということがあります。ある程度はラフ、つまり雑さがないと、みんなが意見を出す「のりしろ」のようなものがなくなってしまうのでしょうね。「答えは全部私が持っています」という専門家が前に立つとダメなんです。

studio-Lの活動やコミュニティデザインという言葉が少しだけ理解されるようになったころ、とある地域でプロジェクトが始まる際に記者会見したことがありました。記事になってみると「地域の救世主あらわる」なんて書かれている。そんなふうに書かれたら、地域の人たちは「お手並み拝見」という感じになってしまって、みずから動き出そうという人があらわれないんですよね。もし書いてくれるなら「たいして役に立たない男あらわる」にしてほしい（笑）。

辻　それはどうなの？　期待感がもてないじゃない（笑）。

山崎　「役に立たない男が来たのならしょうがない、俺らが動くか」って市民が動きだしてくれたら嬉しい。もちろん、そのためにはいろんな仕掛けも必要ですが、市民が主体的になるきっかけとして、よそ者に過度な期待をしないという点を、ワークショップの参加者と共有したいと思っています。専門家はもっと市民を信頼したほうがいいし、市民の活力をうまく引き出していくことのできる専門家をめざす人が出てきてもいいと思います。

辻　「完璧でない」「完成されていない」というのも「雑」のもうひとつの大事な意味だということですね。

田中　「欠如がある」「欠けている」とかね。

山崎　「抜けがある」。

田中　「間が抜けている」？

高橋　ひと言で言うと「ダメ」（笑）。
さっき言ったように、「雑」を辞書で引くと、いい意味で使うことはあまりありません。それはやはり、「雑多」なものがダメで、欠けていて、役に立たないという世間一般の考えがあるからなんですね。そういう扱いにして、できるだけ見ないようにしている。だから、こちらから積極的に見つけようとしないと見つからない。

山崎　おっしゃる通りだと思います。
ひとつ、「雑」になればなるほど良くなっていったプロジェクトを思い出しました。千葉県の睦沢《むつざわ》町で、県道を新しく拡幅しようということになりました。拡幅するのはいいけど、道路をみんなが歩いてくれないとしょうがないねということで、道路を歩くきっかけを作りだすチームをいくつか作っていくことになったんです。具体的には、市民が沿道でいろんな活動をする。その作戦会議をやりましょうと呼びかけてワークショップを開きました。その結果、参加者が四つのチームに分かれて活動を開始しました。そのうちのひとつのチームが、県道沿いに空き家を見つけてきて、そこをみんながいつでも集えるような拠点にすると言い始めました。拠点の名前は「こぢゃ倶楽部」。

辻　「こぢゃ」ってなんですか？

山崎　「小さなお茶」ですね。その地域で「小茶《こぢゃ》しようか」って言うと、一〇時とか三時にお茶を飲んでひと休みってことなんです。そんなことができる場所を作ろうとなった。
集まったのは高齢の方が多くて、そのお知り合いの、元魚屋さんの家が空いていることがわかり、そこを自分たちの手で改修してコミュニティカフェにしようとなったわけです。天井が抜けているような家だったんですけどね（笑）。

こちらの担当者は若い女性で、その家をリノベーションして、かっこいいおしゃれ空間を作ろうと夢みたわけです。よくあるタイプの、壁を白く塗って、観葉植物を置いて、おしゃれなカフェみたいな空間ですね。ところが、会議が始まって「どんなカフェにしたいですか」と聞いてみたら、開口一番、あるお父さんが「壁に竹を貼り付けよう」と言う。これはおしゃれ空間にならない。まずいと思って隣のお父さんに「どう思いますか」と聞いたら「いいね〜」（笑）。若い女性スタッフは相当焦って、今度は女性に「どう思いますか」。すると「私はフリルのカーテンがつけたいわ」。全然、おしゃれ空間に近づかない（笑）。

もう収拾がつかないので、「デザインは私たちに任せてください」と無理やり引き取ったんです。そうしたら、お父さんたちは「まあ任せるわ」と言ったけど、顔がすごく怒っている。でも、任せてくれることになったので、壁を白く塗って観葉植物を置いて、おしゃれリノベーションを進めようとしたのです。

大阪から千葉へは一カ月に一回くらいしか行けないので、リノベーション作業が終わると「次回までに作業を進めておいてください」と言って帰ってくることになります。ところが一カ月後に行ってみたら、カウンターの上に庇《ひさし》がついている。全然おしゃれじゃない。でも作った本人はドヤ顔なんです。もう、外してくださいとは言えない。しかたがないので庇はそのままにして、周辺の壁は白く

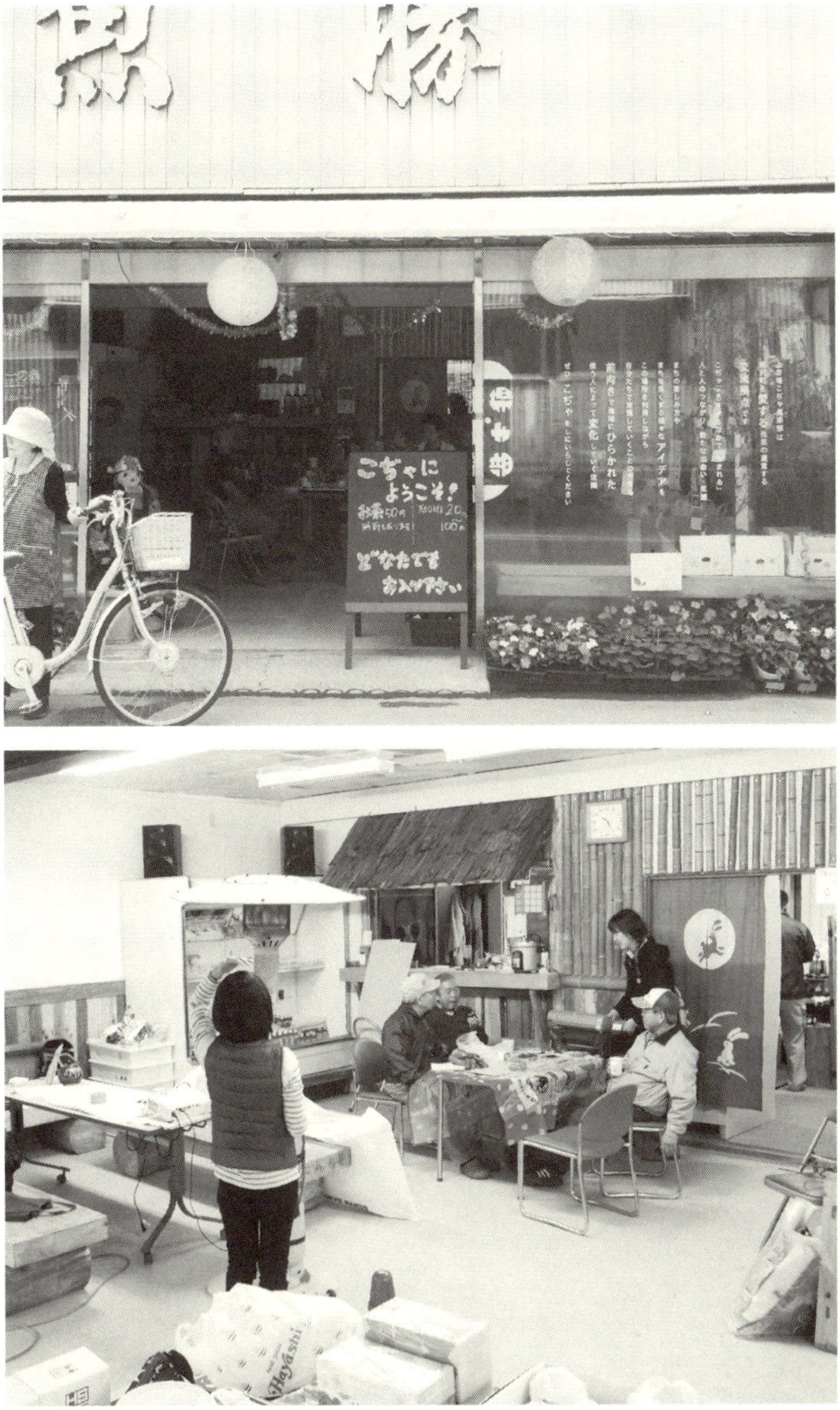

図 20 「こぢゃ倶楽部」の入口と内装（studio-L 提供）

塗って大阪に帰りました。翌月、現場に行ってみると白い壁に竹が貼られていた（笑）。しかたがないので「もう好きなようにやってください」と伝えると、おじさんやおばさんがどんどん集まってくる。「自分もかかわることができる」と感じた人たちが、どんどん集まる場所になっていった。あっという間にオープンになって、いまではもうなんだかよくわからない空間になっています。デザイナーとしては、近づきたくない空間ですね（笑）。

辻　やりたい放題ですね。

山崎　神棚はお酒だらけで、入口には踏みたくない柄のマットが置いてある。意図のわからない物が並んでいる。でも、みんなが毎日のようにやってくる。美しい空間を作る専門家って、いったいなんのためにいるんだろうと思いました。単純に美しく、おしゃれに作ればいいわけじゃないってことを、このプロジェクトで学ばせてもらいました。

辻　「小茶」というより、これは「ごちゃ」ですね。ごちゃごちゃ。

高橋　「こじゃれてる」はずだったのが「ごちゃれてる」（笑）。

山崎　たしかに、ごちゃれてます。ほんとうに（笑）。

辻　いまのお話を聞いていて思い出したのは、木更津の宅老所「井戸端げんき」のことです。「弱さの研究」のときに訪ねたのですが、もともとお年寄りのためのデイサービスである宅労所で、さまざまな障害をもつ人たちにスタッフとして働いてもらっています。スタッフもそれぞれ問題を抱えているので、お年寄りの面倒をみる上で、なかなかうまくいかないことが多い。そうしたら、お年寄りのほうがそれを放っておけなくなって、逆にスタッフの面倒を見始めるんです。すると認知症が改善したりして元気になっていく。一方、スタッフのほうも元気になってゆく。最初から健常者と障害者とに分けたり、専門家と非専門家、サービスを与える側と受け取る側というふうに区別してケアする方式では、そういう状況は生まれなかったでしょう。

高橋 いまの辻さんの話にあったように、「弱さの研究」から自然に「雑」を発見したという感じがするんです。認知症のおじいさんとか、重い障害のある人を調べに行ったら、彼らのそばにいる人がむしろ元気になっていた。最初は障害のある人を見ていて、気がつくと、そのまわりの人のほうに目がいって、どうも障害がある人と交わると一・五割増しくらいに元気になっているようでした。もともと障害や病気のあった人が元気になるのはわかるんですが、世話をしている人も元気になるのはどうしてだろうと、「弱さ」から「ミックスしている状態」、つまり「雑」のほうに興味が移っていったんです。宅老所やいまの「こぢゃ倶楽部」もそうですが、だいたいみんな、変な空間なんですよ（笑）。いままでに味わったことのない変な空間なのに、なんの関係もないぼくたちも、そこにいるとだんだん楽しくなってくるという実感がありました。

辻 「雑」の定義に「変な」というのが入りました（笑）。もうひとつ、「雑然」というのは楽しいという、これも「雑」の意味を考える上で重要な定義かもしれないですね。

田中 もともとコミュニティって、そうだったんですよね。長屋であれ村であれ、障害がある方もお年寄りも子どももいて。私たちが子どものころは、親がどこかに行っているあいだは近所の家に行ったり、いろいろな居場所がありました。いま「保育園が足りない」というのも、もちろんそうなんですが、子どもが昼間いる場所が保育園しかないというのも少しおかしな気がしているんです。さまざまな年齢や、欠如をもった人たちが集まって暮らしていた社会が分断されてしまったということですね。

高橋　昔は近所のおじさんの家に集まっていたのが、みんな扉を閉ざすようになった。公園に行ってもボール投げ禁止、野宿禁止みたいに集まりにくい空間になっていて、子どもは保育園に預けるしかない。小学校に上がると放課後は学童クラブ。そういうふうに、子どもだけを囲い込む場所をもっと作ればいいのかということには、たしかに疑問を感じますね。

ぼくらはもともと「雑」をもっていた

高橋　ちょっと話は変わりますが、ぼくも辻さんも学生を教えているじゃないですか。ここにいる四人とも教えてますよ。

辻　あ、みんな先生なの。大丈夫？　こういう人たちが先生で（笑）。

高橋　ぼくは一三年前くらいから大学で教えることになって、最初に学生を見てとにかく驚きました。なんて頭が固いんだ！　って。固さの度合いが半端ない。まず、入試の面接で「志望動機を話してください」って聞くと「キガクを受けた理由は……」って話し始める。はじめのころ「キガク？」って意味がわかりませんでした。ぼくは作家ですが、ぼくのボキャブラリーに「キガク」はなかったから。

楽器の「器楽」くらいしか。だから「キガクって何？」って面接している学生に聞いたんです。すると「いや、御校……」と言い直したので「あ、『貴学』か」ってわかりました。なぜ「貴学」という言葉を使うのかと聞いたら、「面接の練習をして……」と。そこでさらに「貴学って言葉、使ったことある？」と聞くと「いま生まれてはじめて使いました」。「なんかおかしいと思わない？」「はい、おかしいと思います」（笑）。

そうやって「貴学」を使う子ばかりのなかに、二〇一〇年、変わった子が来ました。「こんちわ……」って部屋に入ってきたんです。これはおもしろいと思って「うちの大学を受けた理由は？」と聞くと「とりあえず推薦があるんで」。「そこなの⁉」（笑）。「ほかの大学でもよかったんですけどね」ってはっきり言うんですよ。それで「得意なことは何？」と聞いたら「カレーを作ることです」。そしたら、一緒に面接をしていたアフリカ研究の勝俣誠さんが「君のレシピは？」と聞いて、二人でカレーのレシピ話で盛り上がった。勝俣さんはアフリカに行ってはカレー作っているもんですから。結局、ふつう五、六分で終わる面接が一五分を超えてしまって、教務の人が「いい加減に終わりにしてください」と文句を言いに来ました。

この子がのちにＳＥＡＬＤｓ《シールズ》を作った奥田愛基《あき》くん[*2]です。彼は、中学校も高校も、行き場所は全部

＊2　奥田愛基（一九九二―）安全保障関連法案に反対した「自由と民主主義のための学生緊急行動」（ＳＥＡＬＤｓ）と、その前身の「特定秘密保護法に反対する学生有志の会」（ＳＡＳＰＬ）の創設メンバー。明治学院大学卒業。

自分で見つけたんですね。高校だって、中学の終わりにひとり旅をしていたら偶然、修学旅行の集団と会って、この学校おもしろそうというので入ったそうです。ずっとひとりで歩いてきたから、挨拶も「こんちわ……」。つまり、世間の洗脳を受けていなかった。

学生たちに「貴学っておかしいでしょ?」と訊ねると、「おかしいです」とは言うけれど、口を開くとやはり「貴学は……」になってしまう。就職活動になると、同じような就活スーツを着て、「貴学」が「御社」になる。いかに画一化というか、ある型にはめられていっているかに、本人たちもうすうす気づいてはいるんでしょうけれどね。だから、ぼくがやっているのは大学の四年間かけて洗脳を解くこと。四年いると「こんちわ……」になる(笑)。

辻　ぼくはそれを「アンラーニング」って呼んでいる。訳せば「学びほどく」とか「学びほぐす」。大学は、詰め込まれたものを「学びほどく」最後のチャンスかもと思っています。

高橋　ぼくたちは、もともと「雑」を持っていると思うんです。だから、ほかの子たちより比較的、自由に育って、いわゆる社会的教育の洗脳をあまり受けていない子は、自分の中にある「雑」な部分をさらりと出してコミュニケートできる。

辻　「雑」に結びついてきましたね。もともと、ぼくらの中には「雑」がある。

高橋　さっき出た保育園の問題でも、「そもそも、なんで保育園でなきゃダメなの?」とはなかなか考えないでしょう。ぼくたちが判断の材料にする情報そのものが雑じゃない。こういうものだって、断定型になっている影響もあると思います。つまり、ぼくたちはオルタナティブ、代替案をほとんどもっていない。「保育園を作れ」というのは間違ってはいないけれど、「保育園に入れるしかないから、作らないことは悪」となると二項対立の論理しか残らない。二項対立の論理で反対するやり方っていうのは、ものすごくやばいんじゃないかって気がしているんですけどね。

辻　「雑」のもうひとつの定義は「型にはまらない」それから「二項対立ではない」ということですね。両方とも否定形の定義ですが。

高橋　少し話を戻しますが、田中さんの江戸時代の話を聞いて考えたことがあります。現代に近づくにつれて社会は進歩してきたというように、直線的な歴史的進化論が根拠なく信じられていますよね。江戸時代というのは遅れた封建主義の時代で、近代化によってそれがなくなってよくなった、という。文学史でも、明治三〇年代に森鷗外や夏目漱石、二葉亭四迷なんかが出てきて新しい口語文を開拓して近代文学ができた、これが真の文学への基盤になったということになっているけど、ほんとうはそれも疑わしい。

明治になって、当時の東京下町の言葉をもとにした「東京弁」というものを正式な日本語と決め、文部省（当時）が中心になって国民に教えることになった。いわば、言葉を用いた権力による支配が始まったんですね。その瞬間、本質的な意味で言語の多様性はなくなりました。そのことよりもまずいのは、多くの作家がそれに乗っかったことですね。「正しい日本語」を使って書いた作品がよい、というか当たり前になり、それが一〇〇年以上続いてきた。ところが、その近代文学の最大の貢献者であった森鷗外や夏目漱石は、当時からそのことを疑っていました。森鷗外は晩年、江戸時代の武士たちの話を中心に書くようになりました。夏目漱石も、小説を詳しく読むと、彼の中で「価値あり」とされている人はみんな旧幕府側の人なんです。近代化に功労があった人は、日本語を貧しくし、中央集権化を手助けしただけじゃないかと、けちょんけちょんに書いています。同じように鷗外も、単純な近代化を手助けしてしまったことに忸怩《じくじ》たる思いを抱いていた。でも彼らの苦しみも、大正・昭和になると忘れ去られていきます。けれど、明治の末期ぐらいには「この日本語改革は間違っている、本来日本語にあった豊かなものを切り捨ててしまった」と考える人たちがいたわけです。古典的な文体を使い続けた樋口一葉を、鷗外や漱石が激賞したのにはわけがあったんですね。

言葉には、そもそもさまざまな方言があり、「雑」つまり多様性があってこそ言語は生きている。それをひとつに絞って教科書が支配するのはおかしいし、そういう意味では学校が諸悪の根源になってしまった。あ、こんなこと言っていいのかな（笑）。

辻　ぼくも大学で教えていて、均質化に加担しているという負い目のようなものを感じてきました。方言という言語のローカル性、そして文化のローカル性は、均質化の方向へ向かうと切り崩されていきますね。裏を返せば、それが近代教育の役割だったということでしょう。

高橋　そもそも、ぼくが「弱さの研究」を始めたきっかけは子育てなんですよ。いま一三歳と一二歳の息子がいて、子育てはまさに「雑」の極みですよね。ぼくは一九五〇年代生まれなんで、そのころは『スポック博士の育児書』とか松田道雄の本とか、みんなが頼りにする育児書の名著があったんです。それを横に置いてやろうと思ったら、現実はぜんぜん違う。いくら育児書を読んでも、鼻水が詰まったときどうするかは書いてない（笑）。途中で考えるのをやめました。目の前でうごめいている、人間もどきの存在と共に生きるしかない、って。

ふつう育児は親が子どもを育てることとされています。でも、よくわからない軟体動物と毎日一緒に寝て起きて、今日も一日生き延びた、みたいな日々では、子どもを「育てている」のかどうかもわからない。昨日はこうだったと法則化もできないし、いろいろ調べて現実とすりあわせて考えている暇もない。どんどん本能的な人間になっていって、ぼくも「こんちわ……」になっちゃった（笑）。それがベースにあったから「貴学」にひっかかったんだと思います。

「雑」を厳密に定義しなくていいのだとしたら、単純に「生きること」でもいいんじゃないかと思います。生きるって、教えられるわけでも、正しい生き方があるわけでもない。ただ生きているだけで、生き方はみんな違う。しかも、ある意味行き当たりばったりでやっていくしかない。ぼくたちの中にはもともと「雑」の本能が備わっているのに、「貴学が」と話せとか、それをスポイルするようなことを社会や教育がやっているから、生きることがおかしくなっちゃう若者が出てくるのかなとも思うんです。

辻　子育てから「雑」に気づき、生きる本能を呼びさまされたというお話、よくわかりました。

サティシュ・クマール[*3]というぼくの人生の師は、「教育の三つのH」ということを言っています。三つのHとはヘッド（Head）、ハート（Heart）、ハンズ（Hands）で、教育ではその三つのバランスが大切だということなんです。でも現代社会では教育がヘッド（頭）だけに偏って、すべてがそこへと切り縮められていってしまう。そしてハート（心）とハンズ（手）が切り落とされていく、と。手というのは身体性全体のことなんですが、心とともに、自己と世界とが混じりあい響きあい、関係しあう場ですね。ヘッドに偏って頭でっかちになるということは、そういう豊かな関係性を失うこと。逆に、ハートとハンズが活発に動き出せば、「雑」つまり生きる本能が蘇ってくるんじゃないか。人それぞれが、もともと持っている「雑」に気づくというのは重要ですね。

田中　私もサティシュ・クマールさんの言葉で印象的なものがあります。「自分を育てることは、自分を自然と結び直すこと」だと。つまり、自分を育てるとは、自然と切れている自分をもう一度自然に戻すことなんですね。要するに、自分を「雑」にすること、もともと自分の中にある「雑」を呼びさますことと言い換えれば、先ほどの高橋さんの話につながりますね。

大学ではシラバス（講義計画書）を一年前に作りますよね。一五回分をきちんと書いて、その通り講義をしなくてはいけない、という締めつけがどんどん強まっています。私は大学の総長なので、きちんと作ってくださいと言う立場なんですが、実際に教室にうごめく学生一人ひとりと生きていたら、絶対にその通りにはならないはずですよね。教員はそれをわかっていても、制度だから計画は作らざるをえない。それ以外の場所をなんとか自分で見つけて、一対一の関係を作ろうと必死にやっていると思います。

もうひとつ、大学の総長はじつは理事長でもあり経営者なんですね。文科省がよく「ガバナンス」ということを言いますが、大学のガバナンスとは要するに学長、総長の権限を強くしろということです。でも私は、できるだけ教職員の意見を聞くためにワークショップを開いたりします。大学の憲章を作ったときも、ワークショップをくりかえして、みんなで言葉を紙に書いてペタペタと貼ったりしているうちに、「あ、こっちなんだ」って思いました。先ほどの山崎さんの話にもありましたが、トップダウンで指示したことには、下から「いや違うだろう」と疑問が出てきやすい。教職員だってうごめいている生き物ですから、一人ひとりが生きていると認めて、一緒に何かを作っていくほうがうまくいくはずです。

「雑」の思想と「シェア」の経済

辻　いまのお話の中にも、「雑」という言葉に含まれた「効率的でない」という意味が表れていると思います。効率という合理的思考とは別の次元を「雑」は指し示している。もちろん、短いスパンで考えれば「雑」のほうが非効率で時間もかかる。でも結局のところ、長い目で見れば雑のほうが効率的だったりもするわけです。ぼくらが非常に短いスパンでしかものを考えなくなっているから、雑のほうが非効率に見えるだけです。同じように見ると民主主義も非効率に見える。いま、いろんな国で多

＊3　サティシュ・クマール（一九三六―）インド生まれ、イギリス在住。E・F・シューマッハーとガンディーの思想を引き継ぎ、イギリスに「スモール・スクール」と「シューマッハー・カレッジ」を創設。雑誌『リサージェンス』元編集主幹。

くの人が民主主義だと思ってきたものが危うくなっていますよね。みんなが参加して、みんなの意見を聞くなんて、たしかにすごく非効率ですが。

高橋　資本主義社会って基本的に、短期のスパンで回転させるものじゃないですか。資本主義の原理というのは、何かを仕入れて、短い期間に売って最大限の収益を上げる。あとはどうなろうと構わない。そういうシステムです。「一〇〇年先の子孫に豊かな富を」なんて言ったら株主から怒られますよ。もう死んでますって（笑）。資本主義社会は、本質的には自分が死んだあとの社会がどうなってもいいと思っているんです。この世界が自分の子ども、孫、その後もずっと持続していくっていう観点を排除していますからね。

その点、「雑」っていうのはある意味、ほんとうに目の前のことだけを考えると同時に、矛盾するようだけれど、一〇〇年先、つまり現実に存在しない世界のことも考える。目に見えないもの、存在しないものは信じないというのは一般的な認識なんですが、「雑」はもともとぼくらのもっている想像力を含んでいて、この世界だけじゃなく、一〇〇年後の世界も一緒という、きわめて雑な考え方でありたい（笑）。

辻　分類以前の全体を大事にするということでしょうね。違いは違いとして、分離してしまわないということ。

高橋　いま生きている人間も、まだ生まれていない人間も、死んだ人間も、ある意味では区別をつけないということ。それが「雑」だと思います。なにそれ？って思うかもしれないけれど、実際には、ぼくたちは無意識でそのことをやっている。ほんとうに、ぼくも最近区別がつかなくなってきているんです（笑）。

ぼくの父親は、ずっと前に亡くなって忘れていたくらいですけれど、ある小さな事件をきっかけに、父親のことがリアルに生きている人間として感じられるようになってしまった。彼が生きていたときよりもずっとです。それと同じように、たとえば、ぼくたちが本を読むときも、いま書かれたばかりの本より五〇年前、一〇〇年前の本を読むときのほうがおもしろい、というか、生き生きしていると感じることがあるでしょう？　ソクラテスなんて、何千年も前に死んだ人間なのに、彼の言葉を聞いていると、いま生きている誰よりも生々しい。まさに、いま生きている感じがします。ということは、どっちが生きているかと言えば二〇〇年前に死んだ人間のほうが生きていて、あるいは一〇〇年後に生まれてくるかもしれない連中のほうがこちらに迫ってくるような「雑」な神経がある。いや、これはある意味、ものすごく繊細って言ってもいいと思うんですね。

辻　え？　雑で繊細？　雑が同時に繊細だというのは逆説的ですね。

高橋　雑と繊細は、じつは同じじゃないかとぼくは思ってるんです。つまり、何千年も前に死んだ人間の言葉をダイレクトに感じるほど繊細だけれど、その結果、通常の「生きている」と「死んでいる」の区別がなくなってしまう。それほど繊細なアンテナを持っていることが「雑」だと思うんです。現実と虚構、生者と死者が区別できなくなる。そのほうがおもしろいし楽しいですよね。

辻　「雑」には「混ざっている」という意味があるのと同時に、何かと何かの「あいだ」「どっちつかず」、あれでもありこれでもあるという「曖昧さ」などの意味もありました。なるほど、現実と虚構、生と死の区別さえ超えるとすれば、いよいよ「雑」ってすごいコンセプトですね。

「混ざっている」とか「曖昧さ」という意味を再確認したところで、話させてもらいたいのは経済のことです。これまでの物質的豊かさだけに偏った経済のありかたに対する反省から、近年「しあわせの経済」に関する議論が世界中で展開されるようになりました。その中で、若い世代がとくに関心を寄せているのがギフト・エコノミー（贈与経済）のことです。マルセル・モース[*4]の『贈与論』を出発点とすれば、もう一〇〇年前からの議論ですが、いまだにぼくたち現代人は、基本的には市場交換だけが経済だと思いこまされている。そして、ますます国家よりも市場が幅を利かせる時代になってきました。

市場の自由のために関税を撤廃したり、法人税を下げたり、それまで投資行動に歯止めをかけていたさまざまな規制を緩めたり。つまり、できるだけ障壁をとっぱらって、大企業が国境を越えて自由に競争できるようにしようというのが新自由主義経済です。こうした市場交換が経済の主流になる社会のありかたに、疑問を呈したのがモースでした。市場交換とはまったく別の論理をもつ贈与交換が未開社会では主流だったことを示し、現代社会でもこのふたつのあいだのバランスが大事だと考えたわけですね。

さらに、この考えに影響を受けたカール・ポランニー[*5]は、古今東西の経済にはいろいろな形があり、市場交換というモノのやりとりの方法が経済の主流になったのは、つい最近のことだと論じたわけです。人間の歴史を考えると、経済のほとんどは互酬性を基本にしていた。互酬性とは英語のレシプロシティ receprocity の訳ですが、「互いにモノやサービスをやりとりする」、平たく言えばお互いさまで生きていくのが経済というものだったということです。また、社会の規模が大きくなると、富を一度中央に集めた上で、また再分配するといった分配や配当の方法が重要になる。ポランニーは互酬性と再分配と市場交換を経済の三つの主要な様式とし、これらが混ざりあってそれぞれの社会の独特のエコノミーミックス（経済混合）を形成するのだと考えたわけですが、そこから見ると二〇世紀というのは、市場交換に比重が異常に偏り、だからこそファシズムの危機を生み出してしまったのだ、と。

ぼくには、モースやポランニーが警鐘を鳴らした市場交換一辺倒主義が、まさにこの現代世界を席巻しているんじゃないかと思えるんです。その合言葉は合理主義であり、功利主義であり、競争であり、効率性であり、グローバル・スタンダードの名のもとに進行する世界の均質化です。だからこそ贈与や互酬がまた注目されてきている。

とはいえ、贈与というのには要注意です。モースの贈与論にも「贈与は怖いものだ」という表現があるように、贈与は借りや貸しの感覚を生み出し、上下関係をつくり出す。贈与を通じて相手を奴隷化することも歴史上たびたびあったわけですから。贈与やギフトというと、利他主義やチャリティ、

＊4 マルセル・モース（一八七二―一九五〇）フランスの社会学者、文化人類学者。太平洋諸島やアメリカ先住民の文化における贈与の社会的意味を『贈与論』（ちくま学芸文庫）に著した。

＊5 カール・ポランニー（一八八六―一九六四）ウィーン出身の経済史学者。主著に『大転換』（東洋経済新報社）。

ボランティアや自己犠牲の精神といった「きれいごと」ととらえられてしまう傾向もありますが、これにも要注意です。ぼくとしては、贈与と区別して「シェア」という言葉を使いたい。「分けること」ですね。これも「分かちあい」などと相互性を強調すると、またきれいごとになってしまいがちですが。だから、ぼくが注目したいのは、そういう利他主義的なきれいなシェアではなくて、「いやいやながらのシェア」です。

高橋　いやいやながらのシェアって、どういうことですか？

辻　ひとつ例をあげます。東南アジアやアフリカや南米などで、いまでもよく使われている交通機関に、バンやトラックを改造したような乗り合いバスがありますよね。バナナやマンゴーや生きたままのニワトリを入れた麻袋なんかと一緒に、人間たちがギュウギュウに詰め込まれて乗っていくじゃないですか。何人も外にはみ出したりして、もうこれ以上乗れないというくらい乗っていく。それで、峠を越えたら道ばたにひとり立っている。「いくらなんでも、もう乗れないよな」とみんな思うんだけど、運転手は車を停めるんです。「えー、そりゃないだろ」って、ほんとうはみんな思うんだけど、舌打ちしたり「しょうがねぇな」って顔をしながら、乗り込んでくる人のためにちょっと詰める。何人もがちょっとずつ詰める。

高橋　いやいやながら、ね。

辻　そう。しかも大事なのは、「あいつはほかの部族の奴だから乗せないでおこう」なんていう考えは、そこにはまず起こらないってことです。何々族だろうがなんだろうが関係ない、そこに出現した奴がいれば誰でも乗せる。誰もが少しずつスペースを譲る。その人が荷物を背負っていても、です。人間も動物も荷物も、まるごと。まさに雑多！　こういう民衆の自発的なうごめきのなかで、じゃあ何が共通の原則かというと、人類学者が気に入って使う言葉で言えば、「プレゼンス」つまり「そこにいること」。

高橋　そこにいること、っていいですね。分けない、一緒、「雑」だ。

辻　ぼくらも電車に乗っていて、七人がけの席に六人で座っているときに、人が来るとみんなちょっとずつ横にずれたりしていますよね。でも、最近は座席にあらかじめ凹みが作られていたり、柱で区切られたりしていて、まるで「ここに座りなさい」と指示されているようです。これは考えてみれば、ぼくたち自身に「ここにいる者どうし」としてのシェア（譲ること、分けること）ができなくなっていることの裏返しかもしれない。だとしたら、これはけっこう困ったことです。そしてそれは、市場交換ばかりが幅を利かす世界の中で、自発的なシェアに基づく「雑の経済」がますますわからなくなっているからなのではないか。いやいやながらでも座席をずらしてシェアすることが、ぼくたちのもともとの経済のすがたなんじゃないかな。

このことについては山崎さん、いかがですか？

関係を深めるシェアの三段階

山崎　地域のおじさんやおばさんと、何か作っていくことを想定すると、まさに、いやいやながら何かをしているなかから生まれるものがあるように思います。役割や信頼関係は、いやいやながら、しかたなく協働しているときに生まれてくる。きれいごとでやってるときは、場はうまく回るんだけど、関係はあまり深くなってはいきませんね。

ここでもうひとつ事例を出します。二〇一四年に福島県猪苗代町にオープンした「はじまりの美術館」。東日本大震災で崩れずに残った酒蔵をリノベーションして、住民がコンセプトから運営方法まで、主体的にかかわりながら作り上げたアール・ブリュット[*6]美術館なんです。

古い建物をきれいにするだけじゃなくて、地域の人たちが使いこなせるようにということで、ワークショップをすることになりました。でも、「会津の三泣き」っていう言葉がある通り、会津の人はとっつきにくいんです。ワークショップをやりましょうと言っても、ほとんど来てくれません。どうやって参加してもらうかと悩んでいたとき「おばあちゃん」に目をつけました。まず地域のおばあちゃんを落とすという作戦です。おばあちゃんを落とすために必要なものといえば、若くてイケメンの男子（笑）。そこで弊社の若くてイケメン風の男たちを会津に住まわすことにしました。美術館の前の空き家を借り、道路に面した窓を開けて、朝昼晩、毎日道でご飯を作って道で食べるという生活

図 21　「はじまりの美術館」建設のようす（studio-L 提供）

を始めました。この道は生活道路で、おじいちゃんやおばあちゃんがよく通ります。二週間くらいたったころ、案の定、おばあちゃんが生野菜を届けてくれるようになりました。まず「シェア」が起こりました。でも、やさしく「どうぞ」と持ってくるかというと、そうでもないんです。おばあちゃんたちはようすを見に来ている。街の外から誰かが入ってくることに対する不信感が強いんです。おすそわけするふりをして様子見に来ているわけですから、ここで「地域に受け入れられた」と勘違いしちゃダメなんです。

この時点で「ワークショップをやりましょう」と言っても来てくれません。まだ我慢が必要なんです。さらに二週間、外で食べ続けていると、野菜ではなくお総菜が届くようになりました。これも「シェア」ですが、もう

＊6　アール・ブリュット　「野生の芸術」「生の芸術」を意味し、知的障害者や精神障害者など正式な芸術の教育を受けていない人によるアート作品やその活動をさす。アウトサイダー・アートとも。

少しポジティブな意味になっていて、「私はこういう味が出せる人ですよ」って名刺代わりにお総菜を持ってきてくれるんです。おばあちゃんの自己紹介ですね。まだ、いやいやながらのシェアなんですが、自分の存在を知らしめようという気持ちが生まれつつあります。

では、ここまで来たらワークショップに参加してくれるかというと、まだちょっと早い。もう二週間、外でご飯を食べ続けました。「このお惣菜、おいしいですね」なんておばあちゃんたちと話をしていると、ついに最終段階に入ります。最終段階に入ると「亡くなった旦那が着ていた服」なんかが届くようになる。これは、もらったら絶対着なくちゃいけない。この段階は、いやいやではなく積極的なシェアですから。「これはあなたに似合うと思うのよ。ぜひ着てみて」と、かなり親しく話しかけてくれるようになります。

いやいやながらの関係からスタートしても、そのうち自分から自己紹介をするシェアになっていって、さらにいやいやではない、積極的な関係のシェアになる。シェアの質が変化していくのがわかります。この最終段階まで来ると、「ワークショップをやりましょう」と呼びかければ、多くのおばあちゃんがおじいちゃんを連れて参加してくれます。この三段階は、人とのつながりをつくる際の目安になる気がします。

高橋 なるほど。学校もこういう順番でやればいいんだね。まず先生が授業の前に教室に来て、ご飯を食べる。「先生、何を食べてるんですか?」って聞かれたら「んー、食べてみる?」って（笑）。いきなり黒板に書いても聞かないよね。これはどこでも一緒だと思いますよ。

いつも「雑」を忘れないでいる

辻　そろそろ座談会のまとめに入っていきましょう。まず田中さん、お願いします。

田中　「雑」をどうやって「しあわせ」や「ローカル」に結びつければいいでしょうね。皆さんのお話を聞きながら、ヒントとして大きいと思ったのは、「秩序を保ちましょう」という言い方ではなくて、「もっとこういうおもしろい選択肢があるんじゃないですか」と提案していくことなのかな、と。自分の中で「雑」と「ローカル」と「しあわせ」を結びつけていくことを、これからも考えたいですね。

辻　山崎さんはいかがですか。

山崎　皆さんのお話を聞いて「雑」にはいろんな価値があることを知りました。地域のコミュニティには、その雑さを受け入れながら生活していく叡智が宿っている気がします。これがグローバル社会になっていくと、雑多な情報までやりとりするとデータ量が大きすぎるので、たんに数値が上がったとか下がったとか、何色なのかとか、限られた情報だけでやりとりせざるをえなくなる。そこには「雑」の入り込む余地がないような気がします。もし、われわれが多様な「雑」の価値を感じることができるとしたら、それはすなわち、地域に根ざした活動だからこそ感じられるものなのだろうと思います。地域での対話や活動が、「雑」とは逆のほうに進みそうであれば、誰かが「ちょっと待ってくれ」と言い始めるような状況を生み出したいものですね。

辻　今回の「しあわせの経済」世界フォーラムの発表者のひとりである、タイの社会活動家で教育者のプラチャー・フタヌワット[*7]さんに来ていただいています。ひと言コメントをもらいましょう。

プラチャー　そもそも「しあわせの経済」世界フォーラムと「雑」というテーマの結びつきがまだよくわからないところもあるのですが、勝手に解釈させてもらいますね。まず、「雑」の反対語は何でしょう。

辻　いい質問ですね。この座談会でさっきから出ている言葉を英語で言えば、デュアリズム（二元論）、クラシフィケーション（分類化、階層化）、オーダーあるいはコヒアランス（まとまり、秩序）、ユニフォーミティやモノカルチャー（均一性、均質性）、パワーやフォース（強さ、権力）それから、強きものへのコンフォーミティ（従順）。

プラチャー　なるほど。だとすると、ここで「雑」について話す意味というのは、現代社会が完全にその反対に向けて突っ走っているからでしょうね。日本だけでなく世界全体に、日本で「雑」といわれているような精神、あるいは「気」みたいなものを、もう一度取り戻していく流れが起こっているんじゃないでしょうか。

それは振り子のような動きでないかと思います。お話の中でとくに感動したのは江戸時代の話です。それは日本だけでなく、われわれアジア人にとっての原点、源のような場所です。そこに「雑」の精神を見いだすことには非常に価値があるように思えます。

お話を聞きながら振り子のイメージをもったのですが、それは中国で古代から言われてきた、陰と陽のバランスのことだと言えるかもしれない。とくに、いま私たちが集っている東京。振り子で言えば極端に陽のほうに振り切ってしまっている。東京はそういう場所だと思います。つまり「雑」から いちばん遠いところへ向かっている。だからと言って、今度は反対方向に振れて「雑」の極致まで行けばいいかと言えば、そうではないだろう。バランスがそこに必要になると思います。

昨日の会議では中国の発表者が、中国の歴史をたどりながら、現在グローバル経済のただ中で進行しているローカリゼーションの意味について話してくれました。そこで私が思ったのは、たとえば毛沢東のような人たちが、中国の歴史の中でした仕事の意味は何かということです。中国があまりに「陰」の方向に行き過ぎているのを、少し戻していくということを彼らは考えていたのではないか。でも、いまの中国はどうでしょう。私の考え方が正しいかどうかはわかりませんが、どうも現在の中国はあまりに極陽の方向に振れてしまっているのではないか。もし、こういう陰と陽の解釈に意味があるとすれば、個人にとっても社会にとっても、そのバランスを保つということはきわめて重要であり、しかし、とても難しいと思います。「雑」という言葉に注目することで、皆さんはこのバランスについて考えていらっしゃるのだと思います。

いま私は世界のあちこちで「マインドフルネス」ということを教えているのですが、マインドフルネスとは、まさにその陽と陰、グローバルとローカルのバランスをいかにとるかということであり、

＊7　プラチャー・フタヌワット（一九五二―）　タイ出身の環境・平和運動指導者。教育者として世界各地で活躍。日本での著書に『スラックとプラチャーの音もなく慈愛は世界に満ちて』（ＤＶＤブック、ＳＯＫＥＩパブリッシング）。

このことこそが現在の世界で大事になっているというのが私の考えです。現代世界を見回してみれば、誰よりもマインドフルであることを必要としているはずの大統領や首相たちは、どう考えてもマインドフルとはかけ離れてしまっているようです。でも、だからこそ私たち知識人の役割は重要になっている。知識人の役割とは、マインドフルネスを世界にもたらすことなのではないでしょうか。

辻　陰陽のバランスが崩れ、極陽に振れているのが現代社会で、陰のエネルギーの再生が重要になっている。そこに雑の現代的な意味を見るという、たいへんおもしろい視点だと思います。現在、世界中で注目され、思想的な潮流にもなっている「マインドフルネス」とも関連づけてくれましたね。「雑」という言葉を外国の言葉で説明するのは容易じゃないんですが、こんなふうに日本語以外の文脈に置いて考えるということが、これからの雑の研究には大切だと、あらためて思います。

さて、髙橋さん。今日は素晴らしいゲストをお迎えして、「雑」の議論のパースペクティブを広め、また、深めることができたと思います。最後に、ひと言いかがですか。まとめなくてもいいです。「雑」なんですから。

高橋　いろいろなジャンルを考えてみても、生まれたときはみんな「雑」なんですよね。いろいろ説はありますが、小説は一七—一八世紀くらいに生まれたと言われています。何から生まれたかというと、物語や詩、ゴシップなど、それまでに生まれたさまざまな文化が混ざって生まれた。でも時がたつとどんどん純化されて、「近代文学」などという、美しいひとつの形、社会公認の形式となって、出生時の雑さを忘れてしまう。ぼくの大好きなジャズは、もういつ生まれたのかわからなくなってしまっています。アフリカ由来のものと、当時あったさまざまな音楽とを結びつけて、黒人ミュージシャンたちがつくり上げたものが、いつのまにか大学で理論から教えられるようなものになった。

辻　「フリー」ジャズなんて言うけど、じゃあそれまでのジャズは自由じゃなかったのか、ってね。

高橋　そうそう。フリージャズにも一定の法則があるのだ、みたいなことになっていく。だから、「雑」だったことをいつも忘れないように、誕生のときはどうだったかと立ち戻ってみることが必要なのではないでしょうか。

もうひとつ、さっきシラバスの話が出たでしょう。ぼく、大学でシラバスを書くのが死ぬほどいやで、ずっと書いてなかったんですよ（笑）。「忘れた」とか言ってね。そしたらある日、「先生はいいですよ、作家だから。でも、その結果ほかの先生に迷惑がかかる。文科省からの交付金が減らされるかもしれないんですよ」って脅されたんです。

辻　えー、そうなんだ。

高橋　「じゃあ『シラバス』の形式になっているものを書けばいいんだよね」と考えたんです。で、いまは「小説『シラバス』」っていうものを書いているんです（笑）。

辻　シラバスを小説にしちゃった？

高橋　そう。たとえば一五回分の授業計画を、一五回連載の超短編小説と考えて書いてみる。その結果ですね、ぼくの「シラバス」にはけっこう読者が多いんですよ（笑）。なので、だんだん楽しくなってきた。まあ、この話じたいは笑い話だけど、ぼくは大学に教師として来て、最初は何を教えていいかわからなかったんです。ようやくわかったのは、教えることは何もない。「ぼく」という存在を見てもらえばいい、ということです。何かを教えるんじゃなくて、学生たち、彼らと何かをすることにしたんです。「教えない」ということを発見するのに五年くらいかかりました。「学び」とは結局、当人が自力で何かを発見することなんです。教師であるぼくたちは、ただその手伝いをするだけ。というわけで、「ザッツ・オール」。どうです？

辻　それ、考えてきたでしょ？

高橋　いや、即興ですよ（笑）。でも、ちょっと決まった感じしませんか？

辻　たしかに、みごとな締め方だ。

第4章　「雑」に向きあう宗教・「雑」を取り入れる経済

辻　さて、今日はそれぞれがこの間の研究の報告をして、それを雑に受け答えしていくというスタイルでやっていこうと思います。

高橋　「雑」の話を、雑に受け答えしていくわけですね。

辻　まさに「雑」談（笑）。

高橋　雑談から本論に入っても誰も気がつかない。だって本論自体が「雑」なんだから（笑）。

辻　それでは始めましょう。

高橋　「雑」の反対は何かと言われたら、「単純」「正統」「秩序」といった言葉でしょうか。でも、どれもぴったりとはきません。「雑」は、何かの否定形というより「雑」単独で存在しているような気がするんですね。そういうものを研究していこうと思ったら、じつは、とっくに取り組んでいたのではないか、というのがぼくたち共通の気づきだったわけです。今日は具体的にぼくがやっていることの話をします。それも、ずっと前から関心があって読んだり書いたりしていたんですが、これも「雑」だったのかと気づいたことです。たとえば、それは親鸞です。

親鸞というと『歎異抄《たんにしょう》』や『教行信証《きょうぎょうしんしょう》』が思い浮かぶでしょう。ぼくが親鸞に興味をもったのは、3・11以降です。何かをきっかけに、それまでのものがぜんぜん違って見えてくることってありますよね。つまり、自分に必要なとき、あるいは自分が成長して理解できたとき、はじめて重要性を帯びてくるものがある。親鸞は3・11以降、急に目の前に浮上した存在でした。親鸞について書く機会が増えたので、浄土真宗から呼ばれることも増えて、去年は四回講演しました。本願寺は西も東も両方行っています。

なぜ3・11がきっかけになったのか。その前に、別の直接的なきっかけがありました。これは『弱さの思想』でも話したことなんですが、おさらいとして言うと、一〇年くらい前、大学院の生徒の修士論文を手伝ったことがありました。その学生はカトリックの「幼児洗礼」を受けていて、それがトラウマになってしまい、それを解決するために大学院まで来たんです。彼と幼児洗礼の歴史と論争を一緒に読んで、大きな発見をしたわけです。

「幼児洗礼」というのは赤ん坊のころに洗礼してクリスチャンにすることですが、赤ん坊は当然自由意志がないわけですから、そんなことをやってしまっていいのか？　という大論争がキリスト教会の中で起こりました。カール・バルト[*1]という、キリスト教の歴史の中でももっとも偉大な神学者が、「意志なき人間と神が契約するというのは、キリスト教にとって最大の汚点である」とまで言ったのです。

そうしたら、みんな黙ってしまったなかで、ひとりだけ勇敢に反論した人がいました。オスカー・クルマン[*2]という人です。彼は、そもそも信仰とはバルトの考えるような神との一対一の契約ではない。契約は資本主義の論理であって、洗礼は神からの一方的な愛の贈与なのだ、と反論したんですね。合理的な一対一の契約ではなく、神が一方的に与え、ぼくたちはただ受け入れるだけ。この不合理な一方的贈与こそが、信仰の根源じゃないかということです。この論争の決着はついていないようですが、ぼくはバルトよりクルマンの意見に惹かれます。ぼくたちは、合理的な理由で何かを信じるわけではないのだから。

そして3・11が起こった直後、ある学生が「みんなボランティアに行くんですけど、私はなんとなく行けないんです。行くべきなんでしょうか」とメールで相談してきました。ぼくは即、「行かなくていい。自分が納得してから行けばいい。なにごとも、すべきだからするのではなくて、したいと思ったときにすればいい」と返事をしました。なかなかいいことを言ったな、なんて自分でも思って

*1　カール・バルト（一八八六―一九六八）二〇世紀のキリスト教神学に大きな影響を与えたスイスの神学者。
*2　オスカー・クルマン（一九〇二―一九九九）スイスの新約聖書学者、キリスト教史学者。

いたら（笑）、しばらくして「待てよ、これってどこかに書いてあったことじゃないか」って思ったんです。それが親鸞の『歎異抄』でした。

辻　そこで親鸞が登場するわけですね。

高橋　はい。親鸞は「慈悲」を二種類に分けているんですね。ひとつは「聖道の慈悲」と呼ばれるものです。これは、人としてしなければならないと思って行動する慈悲です。誰かが貧困や戦争で困っていたら助けにいくとかですね。それは自分の意志や主体的な決意でおこなう慈悲です。もうひとつが「浄土の慈悲」と呼ばれるものです。こっちは、なんだかわからないけど、気がついたらやってしまっている慈悲。別に、いいことをしようと思ったわけじゃないのに、目の前で誰かが倒れたら思わず手を出して助けようとしたとか。それで親鸞は、後者の「浄土の慈悲」のほうがいいと言っているんです。どうしてかというと、「聖道の慈悲」だと、どんなにがんばってもすべての人たちを救いきることはできない。正しいけれども果てがない。それに対して「浄土の慈悲」は、人間のすることには限界があるというところから発している。「正しい」かどうかは関係がないんです。

ボランティアに行くのはもちろん「正しい」ことですが、「正しい」ことだからしなくてはならないと思ってするのは、ほんとうに「正しい」ことなのか？　そういう問いは、親鸞の時代からあったんですね。

親鸞が向きあった「雑」

親鸞は、いまから八〇〇年くらい前の西暦一一〇〇年代に生まれた人ですが、なぜそんなことを考えるようになったのかと、あらためて親鸞の研究を始めたんです。それが「弱さの研究」とも、さらに「雑の研究」とも重なっていくのです。

ひとつは宗教のありかたです。仏教は、キリスト教的なものとずいぶん違います。さっきオスカー・クルマンの話をしましたが、バルトの言うような神と人間との一対一の関係は、キリスト教ではスタンダードです。ひとりの個人がひとりの神様と対峙して、自分の実存をさらけ出す。でも仏教には、人間が一対一で対峙する峻厳な「神」はいません。「神」は人間に対して絶対的な存在です。しかし仏教の場合はどうか。そもそも「成仏」という言葉があるように、仏は人間がいつかたどり着くべき（それが不可能だとしても）存在なんですね。

もうひとつ。キリスト教の信仰と資本主義はなぜか相性がいいんです。一対一、契約、交換。そこにあるのは等価交換の原理です。ヴェーバー[*3]が『プロテスタンティズムの倫理と資本主義の精神』で明らかにしたように、プロテスタントの生活原理が資本主義を生みました。信仰と経済が調子を合わ

＊3　マックス・ヴェーバー（一八六四―一九二〇）ドイツの政治学者・社会学者・経済学者。

せて共存できたのは、資本主義の原理とキリスト教の原理が同じだからだと思います。どちらも一対一の契約を大事にするでしょう。クルマンはその点を批判したわけですが。

砂漠で生まれたキリスト教やイスラム教は、過酷な現実を反映した厳密な一神教です。それに対して仏教や、その兄弟といってもいいヒンドゥー教は典型的な多神教だし、仏教の経典にもそのヒンドゥーの神々が登場しています。もちろん、神と一対一の関係を結んだりはしません。

そんな仏教は、もともと聖徳太子の時代に日本に伝来しました。それが、ほんとうに咀嚼《そしゃく》されたのは平安時代末期から鎌倉時代にかけてだと思います。親鸞の浄土真宗もこのころ生まれました。日蓮宗、臨済宗、曹洞宗、禅宗などが生まれたこともご存じですね。そうやって仏教が盛んになるにつれて、だんだん洗練されていきます。洗練されてくると、国家に近づくものも出てくる。宗教思想としては、「雑」を捨てて純化し、「原理」を求めるようになる。

辻　「雑」が出てきましたね。洗練され、純化されていくときに失われるものとしての「雑」。

高橋　当然、純化していくことに抵抗する人たちもいます。そして一番ラディカルに抵抗したのが親鸞であり浄土真宗なんですね。浄土真宗の最大の特徴は「称名念仏《しょうみょうねんぶつ》」、「南無阿弥陀仏」と念仏を唱えるだけで成仏できるということです。

親鸞は、念仏を唱えればそれだけで浄土に行ける、救われるのだとしました。そのことで、親鸞とその師である法然は、当時の仏教界からものすごく批判された。本来、念仏というものは心の中に阿弥陀への思いがあったり、慈悲心があったりするからこそ言葉になって出てくるものであって、ただ唱えればいいなら嘘の言葉と同じだってね。それは、たしかに正論であるように思えます。ちょうどバルトの意見がそうであったように。

親鸞が活躍していたのは源平の合戦の後、鎌倉幕府が成立し、蒙古が襲来したころのことです。当時はくりかえし戦乱があり、大飢饉、大震災がありました。その結果、京都でさえ死者があふれていたことは同時代の『方丈記』にも書かれています。そして日本人の大半は農民で、貧困にあえいでいました。彼らはみんな字も読めなかった。教養もなかった。そういう人たちに、慈悲心を持ってから念仏を唱えろと言っても無理です。経典の存在も知らないし「南無阿弥陀仏」の意味もわからない。でも、親鸞はそれでいいと言いました。意味なんかわからなくても、ただ唱えるだけでいいのだと。

親鸞を批判する人たちは「正しい」のかもしれない。けれど、彼らが「正しい」のだとしたら、救済されるのは、経典を読めて仏教に詳しい者だけになってしまいます。親鸞が向きあっていたのは、仏教の知識など何も知らず、ただ生まれてきて死んでいくだけの人たちでした。そういう人たちに根拠を置かない宗教はダメだ、という考えが彼にはあったんですね。親鸞の相手は貴族や金持ちではなかったのです。

親鸞はさらに極端になっていき、念仏を唱えるだけでいいと言うけれど、では生涯に何回唱えればいいのか。たくさん唱えなきゃいけないのか、一回でいいのかと問われて、回数なんか関係ないと答えた。回数が重要ではない、唱えようと思う気持ちが大事だと。だとしたら、思っただけでいいことになってしまう。ぼくは、おそらく親鸞は、最終的には唱えなくてもかまわないと思っていたような気がします。そうなるともう、浄土真宗も仏教もない。要するに、宗教の力なんてなくても救われる人は救われるし、救われない人は救われない。そういうところまで親鸞は行き着いてしまったと思います。

キリスト教でもどんな宗教でも、自分たちの宗教は特別だと思っているわけですよ。自分たちの宗教はすばらしい、それを信仰すれば救われるんだというように。でも親鸞は、この人たちが救われるのなら別に自分たちの宗教のおかげでなくてもいいじゃないか、と考えたと思います。目の前で餓えて死んでゆく人たちは「生きていることは苦だ」と感じている。貧困に苦しみ、生まれ変わってもつらい生が続くなら、もう生まれ変わりたくないと思っている。とすると、その苦しい輪廻から脱するには浄土に行くしかないでしょう。生まれ変わっても苦しいから早く浄土に連れていってくれというのが、ふつうの人たちの本音なんです。生きるつらさのループから逃れるために浄土があるわけで、それは切なる願望だったんです。

でも、親鸞が助けようとする貧しい人たちというのは、悪いことはするし、信仰心なんてないわけです。そこで親鸞は「善人なほもて往生をとぐ、いはんや悪人をや」と言った。善人が往生できるなら、悪人は当然往生できると言ったのです。これは、よく考えなくてもおかしい。だって、悪事をなす人間のほうが、善行をなす人間より救われやすいだなんて。でも親鸞にとっては、そのことは自明の真理だったのです。こんなにも苦しんでつらい人たちが救われなければ、宗教の意味もないだろうと、親鸞は目の前の人たちを見て思ったに違いないからです。

親鸞が見つめていたのは国家でも仏典でも、宗教的真理でもなかった。ただ目の前にいる、救いを求めている、さまざまな矛盾をかかえた人々だけを見ていた。つまり「雑」なる現実だけを見つめていた。そして生まれたのが「称名念仏」という概念だった。「とりあえず『南無阿弥陀仏』は言えるでしょ？　唱えていれば救われるはずだから、それだけでいいよ」って言ったんですね（笑）。

辻　「雑」なる現実ですか。それを高橋さんは国家や仏典と対置しているわけだ。その「雑」なる現実に親鸞は目を据えた、と。

高橋　ええ。親鸞を読んでいて「雑」を感じました。

昔の僧侶はとっても仕事が多かったんです。親鸞も、僧侶であると同時に、社会運動や土木建築みたいな仕事もするし、人を教えたり本を書いたり、ご飯を作ってやったりもします。仕事の幅が広い分、社会とかかわることも多くて、仏教がいまのように「葬式仏教」などと揶揄されず、社会的な力をもって活動できた時代だった。宗教は現実を変革する道具でもあったんでしょうね。

辻　「雑」なる現実と向きあえばこそ、僧侶の仕事も雑多で、一見、雑然としていたというわけだ。

高橋　そう。現実はさまざまな矛盾に満ちていて「雑」だから、きれいごとばかり言っていられない。だからこそ、親鸞は「称名念仏」にたどりついたんだと思います。

念仏を唱えるだけ、言葉をつぶやくだけじゃダメだと、当時の偉い僧侶たちが親鸞を批判したわけですが、ぼくはそれはおかしいと思います。なぜなら、文学もまた言葉だけで表現されるものだからです。同じように「小説に真心がこもっていない」なんて批判する人がいるけれど、書いた言葉が人に伝わればいい。そこに真心があるかどうかなんか誰にもわからない。文学は「称名念仏」そのものです。だとするなら、親鸞の言葉への立ち向かい方は、文学者に近かったのかなと思うんです。専門家や僧侶向けの言葉ではなくて、文学のようにすべての人たちに対応できる言葉を使おうと思ったのではないでしょうか。親鸞の言葉は広い枠の中で効能を持っていた。だから八〇〇年以上前に書かれたものでも、いま読んでも伝わるんです。

そもそも、世界も現実も「雑」な存在であるはずです。けれども、キリスト教は神とそれ以外に分類をすることで世界を単純な形に構造化していきました。キリスト教的なものが資本主義社会を支えてきたのは、世界を理解できる構造にしていこうとする性質があったからじゃないでしょうか。神様がいて、それに対峙する個人がいる。ある価値のものと同じ価値のものだったら交換できる。その交換を信用できるものだとしていけば安心です。逆に、なんだかわからなくて、しかもたくさんあるものは非常に怖い。でも、そのなんだかわからないものを、そのままの状態で受け入れることを仏教はできていたんじゃないのかと、親鸞を読んで思いました。

辻

なるほど。仏教には「雑」を「雑」のまま受け入れる、大きな腕があるということですね。というか、親鸞はそこに仏教が宗教を超えうる可能性を見いだしたということでしょうね。これは、日本だけでなく各地で、仏教が土着の多神教的な信仰とまじりあっていく、いわゆる神仏混交ともかかわっていそうです。でも、そう言い出したらキリスト教の歴史の中にも、そういう可能性はあると言えそうですが。キリスト教の中でも神秘主義的な運動はずっと底辺で続いてきていて、それがヨーロッパではロマン主義のような形をとったり、宣教を通じて世界に広がりながら各地で現地の信仰と混ざりあい、無数のシンクレティズム[*4]を形成していく。そう見ればキリスト教も「雑」然としていますよね。

還元主義に抵抗する「雑」

辻　話を少し戻しますが、さっき高橋さんは、キリスト教が世界を理解できる構造にしていく性質があると言われたけれど、それは言い換えると還元主義的であるということですね。英語だと reduction-ism。煩雑で複雑な現実から、その多層性や多元性を切り捨て、切り縮めて狭いところに押し込める。そうすることによって世界を把握し、自分のものにするという態度です。

それがあればこそ、科学技術の大成功も可能だった。還元主義が科学技術を支え、逆に科学技術が還元主義を支える。そういう時代がずっと続いてきたと思うんです。

＊4　異なる宗教の要素が混交して信仰されること。

資本主義の基本は交換だというのも還元主義ですね。ぼくらがいま生きている世界は交換で成り立っている、という単純な論理がまかり通っていて、いまではほとんどの人がそう信じている。

高橋 これも、ある種の宗教ですよね。

辻 そう。こうした還元主義をそのまま進めていくと終いには、人間とは交換のシステムのために存在しているたんなる要素、機械の部品みたいなものだという見方に行き着いてしまう。交換を通じて利得、利益を得る。それが人間の本性だ、と言い切っちゃうのが経済学ですからね。人間というのは自己の利益を追い求め、限りなく欲望を膨らませ続けていくものだという考え方です。

そんな単純化されたナイーブなストーリーが、しかし現代世界では主流になってしまっているようです。こんな物語でこれからも、ずっとやっていくんでしょうか。ぼくから見ると、このお粗末な還元主義的人間観のために、人類は滅亡の崖っぷちまで連れてこられたわけですが、そのことを鋭く突いたのが、たとえばクルマンだったのではないか。

ぼくはいま、担当している大学院の学生にカール・ポランニーを読んでもらっています。この学生は、現代日本社会における障害をテーマに修士論文を書こうとしているんですが、障害や差別について論じる上で、現代世界で支配的な、新自由主義的経済思想との関連で考えることが重要だと思うからです。ポランニーについては、前の「弱さ」の研究でも今回の「雑」の研究でも、たびたびふれてきました。彼は第一次、第二次世界大戦のただ中に生き、その中で非常に重要な仕事をした人ですが、この人も、研究の仕方が間専門的で、関心の領域がじつに多岐にわたっている。つまり仕事が一見、雑然としているんです。だから評価もその分低いんじゃないかなと思うんですよ。

高橋　「雑」だと評価が低いんだ（笑）。

辻　ある意味では評価は高いけれど、たとえば主流の経済学者のあいだでは、ほとんど無視されているみたいなんです。でも、その間専門的な仕事によって、経済史家や経済人類学の大家として知られてきた。彼の方法というのは、いろんな分野や領域を自由に横断しながら、経済学に巣食っている還元主義的な人間観を突き崩すというやり方です。彼の批判の矛先にあったのが、経済的自由主義でした。つまり、市場は自己調整作用を持っていて、それに任せておけばすべてはうまくいく、だから邪魔しないようにするのが経済学の務めだ、というような考えですね。ファシズムの本質も、じつはここにあると彼は考えた。

でも、彼が生きた時代から半世紀以上たった現在、この世界を支配しているのは、まさにその経済的自由主義の考え方ですよね。つまり「新自由主義《ネオリベラリズム》」と呼ばれるものです。たとえばＴＰＰのように多国間で自由貿易協定を結んで、これまで各国の経済的な自立を保つために役立ってきた、いろんな規制や法律や関税を取っぱらい、多国籍化した大企業が世界中を自由に動きまわってその利益を最大化できるようなしくみを作る。これが新自由主義の考え方です。

ポランニーは、人間が自己利益を求めること、経済学でいうところの利得動機だけで経済が成り立っているなどと考えるのは、とんでもない単純化だと批判した。そして、それを証明するために古今東西の非資本主義社会、非市場主義社会の研究に没頭したんです。

彼は人類学や歴史学の膨大な資料を渉猟《しょうりょう》して、市場や交換なんてものは、じつは人間の経済動機のほんの一部にすぎないということを明らかにしたわけです。では経済の全体像はと言えば、だいたい三つの基本的な型の組み合わせとして考えられる。すなわち「互酬性」「再分配」「市場交換」です。この三つの組み合わせとして経済を考えることで、歴史上存在してきた無数の経済のバラエティに人々の目を向けさせた。これが彼が切り拓いた、比較経済史という方法でした。

その意味で言えば、市場交換にすべてを押し込めてしまうような世界はあまりにも殺伐としていて、あまりにも虚しい。でも世界はどんどんそっちの方向に向かっていると、ポランニーはずっと憂えていたのだと思います。

そして、二度の世界大戦を引き起こしたのも、かつて社会の中に埋め込まれて（embedded）いた経済が、逆に社会を飲みこんでしまったせいだとポランニーは考えた。その考え方を現代にあてはめれば、税や福祉によって経済的な格差を是正したり（再分配）、親族やコミュニティの中で人々が支えあったり（互酬）といった、市場経済のシステムの外で動く「雑」な経済が、どんどん市場に飲みこまれていくプロセスが急速に進行しているのがよくわかりますよね。そのプロセスの世界規模での仕上げが、グローバリゼーションと呼ばれるものでしょう。世界のすみずみまで、単一の市場システムで覆いつくしてしまうという……。第二次大戦後、ポランニーは、このプロセスを続ける道を人々が選べば、第三次世界大戦が引き起こされるだろうと考えていました。

かつて経済は三つの基本型の組み合わせで存在してきた。それが、そのうちのひとつにすぎない市場交換の肥大化によって、経済が社会の他の要素すべてを支配するようになったというポランニーの見方は、現代的な危機についてもみごとにあてはまってしまう。経済をひとつの側面に切り縮める、還元することによって引き起こされたこの危機に対して、ぼくは「雑」がいよいよ大切になってくると言いたいわけです。さまざまな要素が混じりあい、いろんな側面が交錯し、複数の型が互いに影響しあって、リジッド（厳密）ではない柔軟性をもった新しい複合的な全体をつくる。そういう時代が来ているんじゃないか、と。

高橋 なるほど。宗教で言えるのと同じようなことが、経済学にも言えるということですね。

キリスト教と資本主義は相性がいいという先ほどの話なんですが、さっきも挙げたマックス・ヴェーバーの『プロテスタンティズムの倫理と資本主義の精神』で、いわゆるプロテスタンティズムの倫理と資本主義の精神は一致していて、資本主義を進めている人間はキリスト教という精神的バックボーンがあるから、何の倫理的な負い目もないと書いてあります。ふつうは「こんなに金儲けしていいのかな?」というブレーキがかかるけれど、キリスト教が「やりなさい」と後押ししているという。そういう意味では、宗教と経済はある意味、手と手を携えているんですね。

辻 倫理的な負い目がないって大きいですね。ふつうは倫理でブレーキをかけるわけですから。

高橋 それから、経済には等価交換と言われている原理しかないようにぼくたちは思っていますが、それって経済人類学の視点から見ると、あるひとつの形態にすぎないというわけですね。ある王朝が倒されたら過去の王政はなかったことにして、この体制がずっと続いていますよと言われるのと同じで、等価交換が昔から経済の単一の原理だったということにされてしまう。そういうマインドセット（思い込み、思考枠組み）を作るために世界が総がかりになっているわけです。でもそれは、辻さんもおっしゃったように経済の中のひとつの原理、ワンオブゼムにすぎない。

さっき話したオスカー・クルマンが言う、神様からの無限のギフトというのは、要するに贈与のことです。贈与経済という点から言うと、そもそも無限の贈与はふつうにあったもので、信仰はそっちに近かったよってことです。現在の等価交換をバックにしているキリスト教の信仰は「最近出てきたものだ」とも言えるわけですよ。

辻　宗教の本来の性質は「絶対贈与」だということですね。それが「交換」のほうへともっていかれてしまうというわけだ。

「雑」の権化、南方熊楠

高橋　もうひとり、南方熊楠《みなかたくまぐす》という博物学者のことを話していいですか。慶応三年（一八六七年）だから、明治になるちょっと前に和歌山で生まれた、いまで言う「変な人」ですね（笑）。

熊楠は、小さいころから動植物、蝶などいろんなものを採集して分類していました。ものすごく記憶力が良くて、八歳のころから知り合いの家の『和漢三才図絵』や『本草綱目』『諸国名所図絵』などの本を覚えてきては自宅で筆写して、自分で博物学の本を作ったりしたそうです。文章だけでなく図版も暗記して描くことができた。東京帝国大学予備門（いまの東大教養学部）に進学するんですが、そのときの同級生に正岡子規などがいます。とにかく大学の授業がつまらなくて、大学をやめてアメリカに渡ります。サンフランシスコからミシガン、フロリダ、ニューヨーク、そして最後はイギリスのロンドンに渡ります。馬小屋の二階に下宿して、毎週大英博物館に通って研究をしました。黄色人種への人種的偏見が強かった時代に、有名な自然科学の雑誌『ネイチャー』に日本人として論文がはじめて載ったのが熊楠だったんです。それどころか、『ネイチャー』に過去もっとも多くの論文が載った日本人でもあるわけですね。

熊楠は、日本に帰ると紀伊半島の田辺にこもって探求の日々を送ります。一番有名なのは粘菌の研究ですね。粘菌とは苔のようなカビのような特殊な植物で、植物のようでもあり、動物のようでもあり、分類不能な、得体の知れない生きものです。博物学というのも変わった学問で、わけのわからないものを見つけてきて分類していくと新発見がどんどん出ます。熊楠は、顕微鏡をのぞいて、特殊で変わったさまざまな生命が世界に満ちあふれていることを発見していきます。

そして四〇代になると、神社の合祀[*7]と森林伐採の反対運動の先頭に立ちました。乏しい生計資金の中から七〇〇〇円（警察官や小学校の教員の月給が初任給で一〇円前後だった時代です）を費やし、官吏

＊7　明治末期、各地域に多数存在した神社を統合して数を減らす運動が政府主導でおこなわれた。全国で約二〇万社のうち約七万社が合祀によって消え、三重県・和歌山県・愛媛県ではとくに多くの神社が廃された。

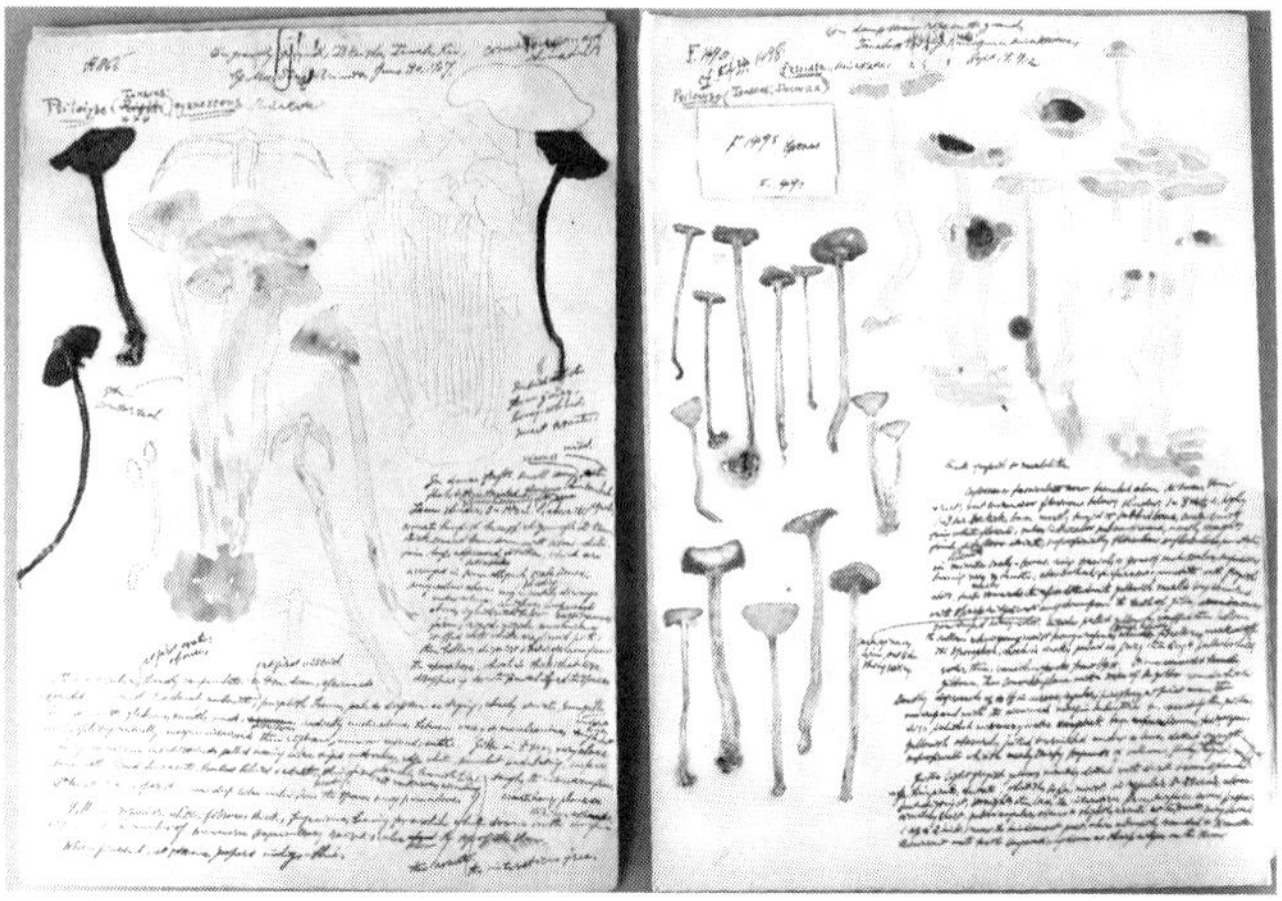

図１　熊楠の描いた「菌類図譜」（南方熊楠記念館提供）

を威圧したかどで投獄もされました。なぜ反対したかというと、神社合祀によって多くの神社がなくなることで深い文化的影響があるだけではなく、森林が伐採され、生態系のバランスが崩れて植物の生息に悪影響が出るし、それ以外にもさまざまな問題を生じさせるからです。明治四四年には、植物学者の松村任三に、神社合祀反対と自然保護についての手紙を書いて支援を要請しました。この手紙は柳田國男[*8]によって「南方二書」と題して印刷、配布されました。

熊楠は、英語はもちろん四カ国語くらい話せたそうですが、外国を飛びまわるのではなく、和歌山のもっとも深い森の中で粘菌を探すことを自分の仕事とした。反グローバリズムな人ですよね。当時、世界の中心はヨーロッパ、学問もヨーロッパが中心だったのに、日本の、それも自分の故郷に地盤を置いてぶれなかったんです。

辻　本来の意味では、世界的な視野をもつ、飛び抜けてグローバルな人なんだけど、ローカルに軸を据えてぶれなかったということですね。紀伊半島の一隅で世界を見つけた。そして、そこから世界を見る。熊楠はまさに「雑」の権化のような感じがしますが、高橋さんから見て、とくに際立っているのはどこですか？

高橋　ひとつは、彼が従事したのが博物学だということですね。それは言い換えると、万物を研究し、その見えない関連を調べる学問ということだと思います。なにせ森羅万象が相手で、仏教も研究すれば人類学的なものも研究するし、語学もやるし、もちろん植物やあらゆるものを採集して、全部を吸収していくカオスみたいな学問です。

辻　つまり、彼の学問自体が「雑」なんだ。また、熊楠は日本におけるエコロジーの元祖とも言えますね。

高橋　そう。彼の神社合祀反対運動は日本におけるエコロジー運動の元祖と言われています。現在と同じ意味で「エコロギア」という言葉を使ったのも熊楠が最初です。彼は、宗教をまとめて管理しやすいようにし、森に潜む生態系も壊してしまう神社合祀に徹底して抵抗しました。

辻　生態学こそ、まさに「雑」の究極とも言えますね。一方、科学はどんどん専門化し縦割りになり、タコ壺化して全体像を見失ってきた。地球全体がバランスをもって、ひとつの生命体であるかのよう

＊8　柳田國男（一八七五―一九六二）民俗学者・官僚。日本各地を旅して民衆の生活文化や伝承を記録し、日本民俗学を確立した。主著に『遠野物語』など。

に存在していることが見えなくなっている。

高橋　熊楠の本の中に「この粘菌の世界、この小さな世界に宇宙がある」という意味の言葉があります。さっきも言ったように粘菌は動物であり植物であり、成長しているのか死んでいるのかもよくわからない。その小さな世界の中に宇宙全体が丸ごと入っているという、曼荼羅《まんだら》に近い世界観を熊楠は持っていたんです。だから、紀伊半島にいても世界の森羅万象がわかるというのが熊楠の博物学の原点だったんですね。

「雑」と女性性、そして植物

辻　ここで思い出すのが、ヒルデガルト・フォン・ビンゲンのことです。一二世紀のドイツに生きたベネディクト派の修道女ですが、いまヨーロッパを中心に注目が高まっています。

高橋　聞いたことがない人ですね。

辻　縁があってこのヒルデガルトについての映像作品[*9]を作ることになったのですが、ドイツの一地方に生きた中世の修道女が、なぜいま再評価されているのかを考えることが、まったくの門外漢であるぼくにもおもしろかった。ヒルデガルトもこんなことを言っています。「一人ひとりのうちに宇宙がある」。

高橋　熊楠と仲良くなれそうだ（笑）。

辻　中世のキリスト教世界といえば、女性は蔑視されていて、原罪も女性のせいにされている、否定的なイメージが強かったのですが……

高橋　ひどいよね。原罪はイヴのせいだってことにしていたんだから。

辻　しかし調べてみると、案外、修道院はコミュニティとして、外の世俗社会から自立していたらしい。ヒルデガルトは晩年、修道院長として、そうしたコミュニティづくりを率いるんです。そこで大事にされていたのはまず庭仕事で、食べもの、飲みものだけでなく薬草もできるだけ自給する。そして、

図2　ヒルデガルト・フォン・ビンゲン

修道院がローカルな自給経済圏の中心だったらしい。もちろん、宗教的な権威や政治的権力のもとにあるわけですが、ぼくたちが想像するよりもっと幅広い自由を享受していたんですね。

文明史家で通貨の研究者として知られるベルナルド・リエター氏に話を聞いたんですが、彼はまず、西欧史を貫く家父長的な男性優位社会の中に生きた女性としてのヒルデガルトに注目する。女性が差別、抑圧されて教育の機会も与

＊9　『ヒルデガルト――緑のよろこび』DVDブック、SOKEIパブリッシング、二〇一七年。

えられない状況は一九世紀まで続くわけですね。この歴史は、一五世紀以降三〇〇年にわたる〝魔女狩り〟の時代で頂点に達する。しばしば中世はルネッサンス以後の「光の時代」との対比で暗黒時代として描かれますが、じつは、一〇世紀と一三世紀のあいだは西洋史の中に穿《うが》たれた〝窓〟――つまり女性性が重んじられた例外的な時代だった、とリエターは言うんです。そしてヒルデガルトは、その時代の精神をみごとに体現する女性として歴史の中に輝いているのだと。たしかに、彼女をフェミニズムの先駆者のひとりとして評価する人も多いようです。

でもリエターによれば、この開かれた〝窓〟は、その直後にまたバタンと閉じられてしまい、そのまま二〇世紀後半まで開かれることはなかった。ヒルデガルトも、時代が少し前後にずれていたらひどい目にあっていただろう、と。歴史を通じて、ヒルデガルトのように霊的能力を持つ者、とくに女性は疑いの目で見られたわけですから。

〝窓〟と言いましたが、文明史には三つくらい、そういう例外的な時代があったとリエターは考えていて、そこでは女性性と男性性とのあいだに均衡というか調和があった。まずは古代エジプトで、そこには女性の王がいた。それから中国の唐の時代で、やっぱり女王がいた。そして三番目がこのヨーロッパの一〇〜一三世紀ごろです。

高橋　女性性がけっこう重んじられていたということですね。

辻　ええ。しかもリエターによれば、その三つの時代に共通しているのが複数通貨。ヒルデガルトが生きた世界にも地域通貨があったらしい。いわば、中央権力の下にある通貨とは違う〝雑貨〟です。

高橋　単一通貨でないことと、女性の地位の高さとのつながりがおもしろいですね。

辻　たったひとつの通貨のもとに権威が集中するという形は、男性支配的で父権的な社会の特徴だと考えられるわけですね。その意味ではいまも同じ体制が続いているわけですが、そうではない例外としての〝窓〟が、文明の歴史にはあったというわけです。

話をヒルデガルトに戻すと、彼女は何よりも植物療法で知られていて、ドイツ薬草学の祖とも言われています。彼女はそれだけでなく、宗教劇や伝記も書いていたし、言語学者であり、詩人であり、女性作曲家でもあったらしい。

高橋　ここでまた熊楠と共通するものがありますね。

辻　そう、ヒルデガルトは熊楠と似て植物学者でもあった。動物対植物という二項対立だと、動物が上位で植物が下等、さらにその下に菌類というふうに分類しがちですよね。もちろん一番上には人間を置く。こういうピラミッド型の世界観は、ヒルデガルトによってとっくに覆されていたようなんです。

高橋　そこも熊楠ですね。熊楠は人間より粘菌のほうが偉いって言ってますからね（笑）。

辻　思えば、女性性とともに貶められてきたのが〝植物的なるもの〟だったのでしょうね。長く忘れられていたヒルデガルトの復権は、同時にその植物的なものの復権でもあったんだと思う。他の国はよく知りませんが、少なくともドイツには、ヒルデガルトから伝わる植物療法（フィトセラピー）をやっている人がいっぱいいるんです。日本でも広がり始めているようです。考えてみれば、植物療法ってなにも新しいことじゃなくて、「なんかこれ効くね」という、昔からおばあちゃんたちがやってきた見方ややり方を引き継ぐものですよね。

植物療法の専門家たちによると、植物は一六〇から一八〇もの要素が集まって、ひとつの生命体という複雑な全体をつくっています。だから、そのうちの一個を取り出すという近代医学の還元主義的なやり方だと、その全体性を切り捨てることになる。そもそも、科学としての医学は、植物が生きものであるという事実を忘れているんじゃないか。そしてたとえば、ひとつの薬がひとつの病気に効くと教える。そのために、目的に適うものだけを取り上げようとするわけです。

一方、植物療法は生きものとしての植物に向きあおうとする。雑多なものからなる複雑な全体を、そのまま生かす。それが植物療法などの自然療法の「雑」の知恵です。多くの物質からなる複雑な生物である植物は、一カ所に効くだけでなく、その影響は全体におよぶ。何がどう効くのか、因果関係はよくわからない。わからないのでは科学とは言えない、迷信と変わらないなどと批判される。それでも、植物療法はあえて植物をできるだけそのまま使おうとする。

ぼくがインタビューしたヒルデガルト療法の権威、ペーター・ゲルマン氏はこう言っていました。デカルト以来数百年、西洋の医療は狭い科学的世界観に支配されてきた。そこでは、全世界はひとつの機械のようなものとしてイメージされ、その機械が壊れたら歯車をひとつ入れ替える、そうすれば直ってまた動き出すという考え方を基本にしてきた、と。

だけど、もちろん植物は機械じゃない。植物は生きている。それを生かす力を表現するために、ヒルデガルトが作った新しい言葉が「ヴィリディタス」。「緑の力」という意味だそうです。部分的な効果を超えた、生命全体におよぶ聖なる力。もちろん、それを科学的に定義することはできない。定義できないものを科学は相手にしませんよね。そればかりか、定義できないものを相手にする人たちを科学は長く排除してきたし、いまも猜疑と軽蔑の目で見ているんだと思います。

さっき、伝統的な自然療法のことをおばあちゃんの知恵だと言いましたが、中世の魔女狩りでは、そういうことをやっていた女性たちが迫害され殺されてしまったわけです。ある意味、「雑」が目の仇にされたのだと思うんですね。ちなみに、ドイツはじめヨーロッパでは最近、魔女を自称する女性が少なくないようです。そのひとりのドイツ人療法士によると、魔女という言葉は「ハガスサ」という古語から来ている。それは「塀の上に座っている」という意味なんだそうです。塀、つまり、何かと何かのあいだ。

高橋　『不思議の国のアリス』に出てくるハンプティ・ダンプティも塀の上に座っていますね。だけど落ちて割れてしまう。塀の上に座っていたらやばいってことですか（笑）。

辻　そう。魔女とは、二つの世界のあいだの、どっちつかずの場所にいる人たちのことでしょうね。どっちでもないが、どっちでもある、というような。現代の魔女たちによれば、「二つの世界」とは「知られている世界」と「知られざる世界」、左脳と右脳、意識と潜在意識、文明と野生、村と森……。魔女たちはその境目に生きながら、二つの世界を自由に行き来する人々のことだ、と。彼女たちは夜、人間の領域である世界から、知られざる自然の世界としての森へと向かう。そして、植物とともに霊的エネルギーを集めては薬として持ち帰る。

現代の魔女たちによれば、今日、文明化しすぎた世界に住んでいる人々が、野生を取り戻すことがますます重要になってきている。人々が自然と調和した暮らしを取り戻すのを手助けすることが、私たち現代の魔女の役割だというわけです。

こういう「雑」なる存在をバサバサと切り捨てていき、キリスト教的近代はだんだん現代へと近づいてきた。つまり純化していったわけです。その時代の前にヒルデガルトのような人がいて、植物のすごさだとか、エコロジーの本来の意味をいきいきと表現していたというわけです。

そういえば、ぼくがインタビューした現代の魔女はこうも言っていた。ヒルデガルトの中には、太古から民衆の中に息づいてきた、前キリスト教的な「すべてを生み出した大いなる母」への信仰が生きていた。それは教会権力によって迫害されながらも、密かに生き延びていたんだと。

高橋　ヒルデガルトのことははじめて聞いたんですが、熊楠と深くつながっているように思えます。博物学は無限に分類していく学問です。そして、植物が下で動物が上という感覚はいっさいない。植物も動物も、人間も神様も、博物学の上ではみんな同じ平面にいる。あらゆる存在は全部同列で、その辺に転がっているというのが熊楠的な博物学ですから、近代の科学とは違いますね。

辻　じつはダーウィンも、プライベートな手紙に「もしかしたら一番進化しているのは植物かもしれない」と書いているそうですよ。考えてみればみるほど植物はすごい。だって、動物みたいにほかの生き物を殺さなくても生きられるんだから。

高橋　自給自足していて、立派だ！

辻　太陽の光と水だけで、必要なものすべてを作りだす。ぼくたち動物は動けるけど、植物は動けないなんて哀れんでみたりするけど、考えてみれば、あくせくと駆けまわらずに一カ所にいながら、ちゃんと生きていけるということのほうがすごい。

高橋　女性性と植物の話を聞いて、ぼくはやはりル＝グウィンのことを思い出しました。２章でもふれたように、すぐれたＳＦ・ファンタジー作家であるル＝グウィンが、ある大学の卒業式に招かれて「左ききの卒業式祝辞」というタイトルで講演をしました。「左きき」というのは少数者の代表で、いつも不利な目にあっている人たちのシンボルです。そして女性もまた、この男性中心世界の中でいつも抑圧され不利を被っているというわけですね。では女性たちは、どうやってこの男性中心の世界で生きてゆくのか。そのことについて語りながら、最後にル＝グウィンはこう言っています。

「みなさんが失敗したり、敗北したり、悲嘆にくれたり、暗がりに包まれたりしたとき、暗闇こそあなたの国、あなたが生活し、攻撃したり勝利を収めるべき戦争のないところ、しかし未来が存在するところなのだということを思い出してほしいのです。私たちのルーツは暗闇の中にあります。大地が私たちの国なのです。どうして私たちは祝福を求めて天を仰いだりしたのでしょう——周囲や足下を見るのではなく？　私たちの抱いている希望はそこに横たわっています。ぐるぐる旋回するスパイの目や兵器でいっぱいの空にではなく、私たちが見下ろしてきた地面の中にあるのです。上からではなく下から。目をくらませる明りの中ではなく栄養物を与えてくれる闇の中で、人間は人間の魂を育むのです。」

「祝福を求めて天を仰ぐ」のは、たとえばキリスト教です。しかも、その神様は男性です（笑）。男たちが上を向いて「高尚」なことを考えているときも、女たちは生きるために大地を見つめ、歩き、そこから養分を吸い上げている。植物のように、です。こうやって考えてみると、一神教的な発想はほんとうに砂漠から生まれたものだと思います。植物がないところで（笑）。砂漠には植物も、ついでにいうと動物もほとんどいない。そもそも生命があまりないところで、神様と人間だけが対峙している。それが一神教の構図であり本質です。植物が繁茂して右も左もわからないくらいの地域で生まれた仏教と、草一本生えてないところで生まれた一神教では、感覚が違うのは当然でしょう。ほとんど何もないところにあるからこそ区別をつけたがる。一対一だったらどっちが上かという話にもなる。でも、一億も異なった存在がいたら、どれが上とか、あれが下とか関係ない。全部一緒じゃありませんか。

辻　なるほど。そうなると、グローバリゼーションというのはむしろ砂漠をめざす思想で、ぼくらは森と水、多様性の方向をめざすというわけですね。「雑」のほうへと！

高橋　そう、めざすべき方向は「雑」。

辻　でも、グローバルというのはもともと地球的という意味だから、その言葉じたいが持っているイメージからして、そこには多様な世界があると思いがちですよね。

高橋　でも、そこには砂漠があるんですけれどね（笑）。

辻　たしかに、グローバリゼーションが行き着く先は均質で画一的、どこを見ても同じ風景だったりします。

高橋　そして世界中、どこに行ってもマックやスタバがある（笑）。

辻　でも逆に、ローカルなほうに行けば行くほど、森があって、いろんな神様やご先祖様がいて、未来まで感じられる空間がある。コミュニティの中には大工さんがいたり床屋さんがいたり、いろんな技を持ち、役割を持った人たちがいる。また、いろんな年齢、いろんな障害をもつ人たちがいて、いろんな才能や個性をもった人たちが、互いに補いあいながら一緒に暮らしているわけです。

高橋　でも、近ごろは中間的な〝ローカル〟が増えていると思いませんか。イオンなどの大型スーパーがどんとある、均質的な田舎。ローカルの中のグローバル、あるいはグローバルの中のローカル。これが一番まずいように思えるんです。みんなそっくりで、受け身になっていて。

辻　第2章でも話した、政府や大企業が主導する「地方創生」。つまりグローバル化が作るニセモノのローカルですね。たしかに、日本の地方の町ではスタバができるとありがたがって列を作ってしまう体質があります。いま官民で推進しているコンパクトシティというのも同じです。でも一方で多くの若者たちが、中途半端なローカルへは向かわないで、もっと奥へ奥へと向かって、本物のローカリゼーションをめざしていますよ。彼らにはニセモノと本物を見分ける力がちゃんとあるんです。

最近、岐阜県にある石徹白《いとしろ》という小さな村（現在は郡上市）に注目しています。郡上八幡からさらに奥へ入ったところにある、人口三〇〇人にも満たない村ですが、ぼくは日本におけるローカリゼーションの最良のモデルのひとつだと思っているんです。

エネルギーは、皆で共同出資して水車を作るところから始めて、いまでは小型水力で電気を二〇〇%自給している。村の真ん中にある「石徹白洋品店」は、洋品店と言うけれど、すごくおしゃれなブティックなんです。古民家の一部で始めたけど、いまでは仲間たちで古材を使った家を建ててしまった。服は裁付《たつつけ》などの昔ながらの野良着を基本としたデザインで、オーガニックコットンなどの自然素材、自然染色にこだわっている。これが人気を呼んで、いまやけっこう有名なブランドです。このビジネスがすごいのは、村とその周辺の、かなりの数の女性たちにやりがいのある仕事を与えていることです。自然栽培や有機栽培も盛んで、とれた野菜は名古屋などの都会に出荷するほか、自給している電力を使って加工もする。この数年でIターンやUターンの若者たちが増えて、いま静かなベビーブームが起こっている！

高橋　それはすばらしいですね。この少子化社会に。

辻　じつは、この村は白山の麓にあって、昔から白山信仰の拠点なんです。そのことがとても重要なことだとぼくには思えます。村の奥の集落は一種の聖域になっていて、そこに白山中居神社があります。それこそ南方熊楠的な空間なんです。大杉がいっぱい立ち並んでいてね。そこからさらに奥にある白山登山道の入り口には、一〇人以上が手をつないでやっと囲めるというような杉の古木が立っている。そのすぐ下の駐車場の前の大きな岩には蛇がいっぱいいてびっくり。これも森の守り神かなって。こんなふうに、ローカルな方向へ行けば行くほどじつは、多様で豊かな世界が広がっている。それこそがほんとうの意味でのグローバル（世界的）じゃないかって実感しました。

高橋　このあいだ、「茅ヶ崎物語　MY LITTLE HOMETOWN」という、サザンオールスターズの桑田佳佑さんの還暦祝いとして製作された映像作品を観ました。案内人は文化人類学者の中沢新一さんです。桑田さんの故郷である茅ケ崎の霊的スポットをまわるんですが、驚くほどたくさんの神社があるんです。そして、夏祭りには各神社からお神輿が集まる日があって、明け方、神輿が一〇台以上、海に向かっていって中に入る。かつて海からやってきた神が、また海へ戻っていくのを再現している儀式らしいです。調べていくと、千数百年前のギターを弾いている、音楽の神様のいる神社もあってね。そのギターってなんだと思います？　インドのシタールです。当時、南方から伝わってきたんでしょうね。そういう古代を引き継いでいる場所は、じつは身近に残っているんだとあらためて思いました。ぼくたちは忘れたことにしている。あるいは、強制的に忘れさせられているのかもしれません。茅ケ崎は何回も行っているのに、何ひとつぼくは知らなかったんです。

辻　高橋さん、自分は唯物主義だと言っていましたけど、このごろ踏み外していませんか？

高橋　やばいですよね（笑）。一応、唯物論は守っているんだけど。

辻　唯物論も還元主義ですよね。

高橋　単純化しようとするってことでしょ。それならいいや。唯物論じゃなくても（笑）。

第5章　「雑」の思想は深まり広まる

辻　三年間の「雑の研究」も、いよいよこの三月で終わりになります。共同研究の一環としてやってきた公開の討論も今回で最後です。でも今後もなんらかの研究会的なものを続けていこうと二人で話していますし、討論の輪に加わりたいという人たちも出てきているので、これからもいろんな形で引き続き「雑」をキーワードに議論を重ねていくつもりです。とはいえ今日は、いままで話してきたことのまとめとなるようにしたいと思っています。

高橋　よろしくお願いします。

辻　先日、上野の科学博物館の南方熊楠展に行ってきました。高橋さんがずっと熊楠に注目して、そしていよいよ小説を書き始めるらしいと聞いていたので、今日の予習もかねて。そして確信しました。

ぼくらが熊楠に見るのは、まさに現代の日本がはめ込まれている堅苦しい枠組みを一〇〇年も前に軽々と飛び越えて、身も心も自由自在に動きまわる姿であり、ああいう人を通して逆に現代社会が見えてくるのだと。ぜひ、あらためて熊楠について伺いたいと思いました。

高橋 用意を始めてから七〜八年経っているので、ちょっと飽きてきましたが（笑）。

辻 飽きた？　連載前に（笑）！

高橋 いや、それは冗談ですが。時系列がわかるように、鶴見和子さん*1の『南方熊楠』（講談社学術文庫）の巻末の年表を参考にして話しますね。

辻 あ、ぼくも同じ本を持ってきました。

高橋 これ名著ですね。熊楠に関する本はいっぱい出ていますが、どれか一冊と言ったらやっぱりこれだと思います。よく理解しているという点では随一でしょう。ところで、ぼくの熊楠に関する小説の連載は『新潮』二〇一八年四月号から始まります。タイトルは『ヒロヒト』で、主人公は昭和天皇と南方熊楠。五年がかりの予定です。

辻 五年！

高橋 だいたい六〇回で二四〇〇枚くらいを予定しています。問題は、終わるまでぼくが生きているかどうか（笑）。

それではまず、いまなぜ熊楠なのか、という話をしたいと思います。一部は4章のくりかえしになりますが、ご容赦ください。

ぼくは『日本文学盛衰史』(講談社文庫)という小説を二〇年くらい前に書きました。そこでは明治の作家たちをあつかっています。それから、もうすぐ出る予定の「盛衰史」第二部[*2]では、戦後の作家をあつかいました。そして「盛衰史」の完結篇で書きたいと思っているのが「ヒロヒトと熊楠」なんです。

日本の近代を小説にするとき、誰を主人公にすればこの一五〇年を語ることができるかと考えて、最終的にヒロヒト、つまり昭和天皇と南方熊楠にたどりついたんです。昭和天皇について話すと長くなるので熊楠に絞って話したいと思います。坪内祐三さんの『慶応三年生まれ　七人の旋毛《つむじ》曲り』(新潮文庫)を読まれた方はご存じかもしれませんが、熊楠は一八六七(慶応三)年、明治元年の一年前に生まれていて、同じ年に夏目漱石、正岡子規、幸田露伴、宮武外骨、尾崎紅葉、斎藤緑雨といった明治の大物作家や学者が生まれています。ちなみに、漱石と子規と熊楠は東大教養(当時の大学予備門)で同級生なんです。

熊楠は和歌山県の田舎で生まれた超天才でした。異常な記憶力の持ち主で、小学生のころから仏典などを何十冊も暗記してしまいます。でも好きなことしかやらないから、自分の好きな教科は満点で、嫌いな教科は零点とはっきりしています。

＊1　鶴見和子(一九一八—二〇〇六)社会学者。戦前の米国でコロンビア大学などに学び、戦後は弟・俊輔らとともに『思想の科学』を創刊。南方熊楠や柳田國男の研究、「内発的発展」の概念を提唱したことでも知られる。

＊2　『今夜はひとりぼっちかい?　日本文学盛衰史　戦後文学篇』(講談社)。

辻　数学がダメだったみたいですね。

高橋　そう。自分のやりたい学問には必要ないからと切り捨てていました。東大も「ここでは学ぶことはない」と二〇歳のとき中退してしまいます。その後、金もないのにアメリカに行き、そこでまず植物学を勉強します。二三歳くらいのときにはキューバに渡って曲馬団に入ったりもします。なぜ曲馬団？　ぜんぜん意味がわからない（笑）。二五歳くらいでロンドンに渡り、一〇年くらい大英博物館の図書室に閉じこもって勉強をしました。日本に戻ってくるのが三四歳ですから、明治一九年から三三年くらいまで、ほぼ一五年間かけてロンドンを中心に独学で学んだことになります。

当時、日本は帝国主義をつくりかけていた時期で、帝大の先生を養成するために外国人教師を呼び、優秀な学生は留学させました。漱石は当時の文部省に留学させてもらって、ロンドンで勉強をしています。熊楠の後ですけれどね。そして欧州と日本の文化の差にノイローゼになって帰ってきました。

当時、学問をする場所というのはほとんどが官学です。ましてや留学しようとなると官学に頼るしかなかったのに、熊楠はたったひとり外国に出かけたわけです。ちなみに熊楠の最終学歴は中卒。いまで言う高卒ですね。博士号も取っていない。でも、イギリスの科学雑誌『ネイチャー』に論文を五〇本も出した。

日本に戻ってからは生涯、東京には出ていきませんでした。和歌山の田辺に閉じこもって学問を続けます。そして一九四一（昭和一六）年一二月二九日に亡くなります。

辻　日米開戦の直後ですね。

高橋　そうです。もうひとつ、熊楠のおもしろいところは研究していたジャンルです。熊楠の代名詞になっているのが粘菌ですが、生物を分類すると動物と植物、そしてそれ以外の粘菌類となる。粘菌は動物と植物のすきまの存在なわけです。動物なのか植物なのかよくわからない存在に興味を抱いて、熊楠は研究を始めるんですね。

そんな熊楠に有名なエピソードがあります。昭和四（一九二九）年、昭和天皇が戦艦長門《ながと》に乗って田辺に来ます。昭和天皇も学問の専門は粘菌だったんです。当時の天皇は最高権力者で大元帥ですが、同時に専門の学問を修めています。いまの天皇もそうですが、それが決まりになっている。しかもその学問には特徴があって、主流というか、やっている人が多い学問はやらない。どうしてかというと他の学者に迷惑をかけたくないから。あまりやる人のいない分野ということで、選んだのが粘菌だったわけです。

そこで、当時の専門的な文献を読んでいくと、この分野でもっともきちんと話ができるのは熊楠だとわかりました。しかし天皇が自ら会いにいくなんて、宮中はもちろん大反対です。熊楠には学歴もないし、薄汚れた格好をしているし、言葉遣いも悪ければ評判も悪い。けれど天皇は「絶対会う」と戦艦に乗って和歌山まで行ったのです。

熊楠は船に参上して、有名な三〇分間の進講をし、粘菌の標本を天皇にプレゼントします。ふつうなら桐の箱か何かに入れるんでしょうけど、熊楠は大きなキャラメルの空き箱に入れて渡しました。

辻　そのキャラメルの箱がどんなものか、展示されていましたね。

高橋　熊楠は中央の人たちから見向きもされなかったのですが、何人かは強い敬愛の情を抱いていました。そのひとりが昭和天皇だったというのが、非常におもしろいと思うんです。

辻　ほんとうですね。

高橋　熊楠の晩年の活動で重要なのは、4章でもふれたように神社合祀反対運動です。明治になって中央集権化で町村合併が始まります。明治七（一八七四）年に八万近くあった市町村は、明治二二（一八八九）年には一万五〇〇〇ぐらいに減りました。外堀が埋められた後、神社が減らされてゆくことになりました。一村一社が原則になったからです。つまり、七つの町村がひとつになったら神社もひとつ。それまで共同体にひとつあった神の住む場所が、強制的に合祀されて残りは壊されたわけです。人々の信仰の中心が国の政策で破壊されてしまう。熊楠が住んでいた和歌山県では、とくにひどかった。熊楠が研究をしていた粘菌や植物の宝庫だった神島でも神社が合祀されることになる。熊楠は、学殖のすべてをかけて神社合祀反対運動を始めます。いまから一〇〇年以上前のことです。

辻　一九〇四年から一九一四年というのは、日露戦争や第一次世界大戦が起こった時代で、日露戦争の戦費を稼ぐために神社の森の伐採を進めたのではないかと言われていますね。資料では、和歌山県に五八五三あった神社がこの一〇年で四六三に、つまり一〇分の一以下に減らされてしまいました。

高橋　神様の大虐殺と言っていいほどです。

辻　神様のジェノサイド。

高橋　そう。熊楠は怒り狂って、なぜ神社合祀をしてはならないのかという論文をまとめています。この運動は、日本のエコロジー的観点からの公害反対運動の第一号だと言われています。熊楠の本の中には「エコロジー」「エコロギア」という言葉がすでに使われています。日本で最初にエコロジーの概念を用い、しかも同時にそれをもとに反対運動をおこなったのは熊楠だった。これはすごいことだと思います。

辻　ほんとうですね。

高橋　鶴見和子さんの本の中に、その神社合祀運動に関する長大な論文も出ていて、いま読んでもまったく古びた感じがありません。「開発」に反対する論理はそのときからはっきりしていたんですね。なぜ反対するのか。ひとつは、神社を壊すということは、同時にその森林を伐採するということだからです。伐採すれば自然が失われ、当然、生態系が破壊されます。土砂が流れ落ちて漁業にも影響します。その神社のある村落共同体の存立基盤が破壊されることになる。もうひとつ、共同体の人たちの宗教的な中心もなくなり、精神的な絆も壊されてしまいます。神社合祀はこの国の小共同体を破壊するものだとして、熊楠は絶対反対をした。

熊楠は粘菌を研究する植物学者であるだけではなく、民俗学もやっていますし、ほかに博物学とか、いろんなジャンルを横断的に研究していたんですね。ぼくと辻さんはいま明治学院大学の国際学部で教えていて、そこで学ぶ国際学とは学際的、既成の学問と学問のあいだを横断的に研究する学問です。だから熊楠は、そんな学際的研究の先駆者でもあるわけです。

彼が『ネイチャー』に書いた論文は、いまでいうオリエンタリズム批判でした。熊楠はものすごい量の文献を読みこんでいたので、欧米の科学者の論文に対して「あんたが言った話は中国のこういう文献にすでに出ている」「インドのこういう文献にも出ている」と反駁《はんばく》していきました。ヨーロッパだけしか見ていないから知らないのだろう、とね。熊楠は、当時の世界最先端の学問の欠点もよく知っていたわけです。ロンドン時代の熊楠は、ヨーロッパ中心主義的な思考法に闘いを挑んでいました。

では、日本に戻ってきた熊楠はどうなったのか。同時代に柳田國男という民俗学者がいて、彼は熊楠の友人のひとりで、日本の官学を代表する存在でもありました。神社合祀反対運動について柳田は「あまり過激にやらないほうがいい」と熊楠にアドバイスしています。柳田は帝大の先生で、やはり昭和天皇にも進講している、日本の官学の最高峰です。それに対して熊楠は、反官学の急先鋒だったわけですね。

熊楠は世界の学者たちとも知り合いだったので、世界中でエコロジー運動を展開しようとしていた。すると柳田は「君は日本を裏切るのか」となじりました。ここが熊楠と柳田が分かれる地点だったんです。

結局、日本の官学の最高峰が最後に言うのは「君は外国に日本を売るのか」という言葉だった。これって、いまで言う「反日」でしょ。柳田國男から裏切り者と言われて、熊楠はかなりがっかりしたらしく、世界の学者との連携の話もやめてしまいます。それでも十数年抵抗した結果、最終的に神社合祀は中止になりました。熊楠たちの抵抗運動がなかったら、いま神社の数がどれほど減っていたかわかりません。

こんな熊楠の生涯から、ぼくたちは何を学べばいいのか。そのひとつは、熊楠の発想が完全なローカリズムだったことじゃないかなと思うんです。日本に帰った熊楠は、故郷の和歌山の田辺から出ていません。でもその田辺は、ロンドン、ニューヨーク、キューバなどと知の財産を通じてつながっているから、熊楠は東京に行く必要がなかったんです。

当時、日本はまさに近代化の真っただ中にあって、資本主義化、いまでいうグローバリゼーションを実行していました。その人たちが最後に言う言葉が「日本を裏切るのか」。それはとても示唆的だと思います。熊楠は生まれついてのローカリストだったので、地元、故郷と、あとは世界で、その中間に国家があるという発想がほとんどない。ぼくが熊楠をすごいと思うのはこの点です。「国家」という発想がある人と、ない人がいる。ここに「雑」が生まれる大きな要素があると思うからです。ローカルな経済、ローカルな宗教、ローカルな生態系があって、そこから一気に世界に行く。その中間にある国家は、じつは幻想にすぎないことを熊楠はわかっていたのだろうと思います。

熊楠は自分のことを学者と言っていないんですね。大学を卒業して、修士論文、博士論文を書いて認められて学者になるという道は最初から捨てていたし、そんなものはいらないと思っていた。学問のジャンルも横断的で、自分の好きなところに行って、本来は関係のないものを結びつけていく。領域横断的なものこそ学問だという彼の感覚こそ、人間にとってリアルな感覚だとぼくは思っているんです。

辻　共感します。

高橋　熊楠は一〇〇年早すぎた人だった。だから、たいへん孤独な人でもあった。また、だからこそ何人かいた熊楠の理解者が重要なんです。そこがぼくの書く小説の大きなテーマにもなっていて、そのひとりが昭和天皇なんですね。ほかには孫文がいます。中国国民党を作り、辛亥革命ののち建国の父になった人です。孫文がロンドンに亡命中、たった二人だけ友だちがいて、そのひとりが熊楠だった。孫文がロンドンを出ていくときに見送ったのは熊楠と、アイルランド回復党のマルカーンという人です。その後、孫文が辛亥革命を成功させる前の一九〇一年に来日して、和歌山まで熊楠に会いに出向いていています。

辻　それは知らなかった。

高橋　その後も孫文は何度も日本に来るのですが、熊楠は会おうとしなかった。それも謎のひとつなんですが、どうやら熊楠は「孫文はもうみんなの孫文だからいいや」と思っていたようです。

辻　ぼくだけの友だちではないと?

高橋　「もう、ぼくの孫ちゃんじゃない、中国の大総統になって偉くなったから会いたい人がいっぱいいるでしょう。ぼくは必要ない」(笑)。ちょっと子どもみたいでしょ。その辺も、ぼくが熊楠を好きな理由なんですね。

辻　へえ、なるほど。

高橋　こういう話も含めて、ほんとうのグローバリズムはローカリズムに根拠をもたないとダメだということを、実践でも学問でもやったのが熊楠じゃないかと思うんですね。彼の学問じたいは非常に「雑」

で、まさに雑然としています。熊楠への批判で一番多いのは、「まとまってないじゃないか」というものです。今回の上野の展覧会を見てもそうですけど、いろんな人がそう批判していますね。

辻　体系をなしていない、ということですね。

高橋　ええ。鶴見和子さんは、たしかに体系はなしていないが、そのことに本人はたぶん興味がなかったのだろうと書いています。目の前にある世界の混沌を、いかに正確に再現するかに彼の興味はあった。だから、柳田國男も民俗学者として熊楠を批判しているし、植物学者の牧野富太郎も、あれは植物学じゃないと厳しく批判した。英語の論文を書いたと言っているが、ほんとうかどうか疑わしいとまで言っている。牧野富太郎は確かめずにそう批判したんです。なぜというと、熊楠のすごさに嫉妬していたからだと思います。

熊楠は学者としても行動家としてもすばらしかったけれど、根本的にはまさに「雑」の人でした。ここで言う「雑」とは自由であること、予断をもたないこと、自由に動きまわれることを意味しています。そういうものを身につけ実践するのはほんとうに難しい。柳田國男が「君は日本を裏切るのか」と言ったように、どんな学問や研究も、どこかで国家や官学や体系に巻き込まれて、最初にもっていた雑然たる世界から遠ざかり、体系を作りあげることに注力していく。それがいい仕事だというのが主流の学問の世界の考え方だとしたら、それに最後まで対抗したのが熊楠なのだと思います。そんな彼をいわば黒子として、日本近代の一五〇年を小説にしたいなと思っている次第です。

「雑」としての限界芸術

辻　いやあ、とてもエキサイティングな話でした。エコロジーという言葉も出てきましたね。いまでは「エコ」という短縮形で、世界の誰もが知る言葉になったわけですが、日本ではまず「生態学」と訳されました。一般人にはあまり縁のない学問領域をさす言葉ですが、その狭い意味の生態学の枠を超えて、自然と人間の根本的な関係を指す、もっとホリスティック（全体的）な意味でのエコロジーという言葉を日本人が手にするまでにはずいぶん時間がかかりました。ようやく一九七〇年代以降に地球環境問題が注目されて、エコロジーはぼくたちのボキャブラリーに入ってくる。どのくらい自分のものにしているかは、いまでも怪しいですけどね。

高橋　たしかに怪しいですね。

辻　熊楠の中に、ホリスティックな思想としてのエコロジーがすでにあったというのは驚くべきことで、当時の世界全体の状況からしても特筆すべきことだったんじゃないかな。その点を鶴見和子さんはしっかりと評価していますね。彼女は熊楠の思想の価値を、柳田國男と対比しながら見いだしていきます。柳田にはたしかにエコロジーの視点はない。高橋さんが指摘したような熊楠と柳田との対比が、この本のひとつの重要なポイントだと思います。

鶴見和子の弟の鶴見俊輔は、ぼくが勝手に師匠のひとりだと思いこんでいる人ですが、彼の著書の

『限界芸術論』（ちくま学芸文庫）について少し話をしたいんです。その本に熊楠は出てこないんですが、でも俊輔さんはすごく熊楠を意識していたんじゃないかとぼくには思える。彼はよく自分のことを「私は小学校しか行っていませんから」と言って、いわゆる知識人と自分を区別していました。その辺も熊楠とスタンスが似ています。一方、姉の和子さんについては、自分と違って「あの人はとても立派な学者です」と言って尊敬していました。

『限界芸術論』では三人の人物をとりあげて論じるのですが、最初が柳田國男で二番目が柳宗悦、[*3] そして三人目が宮沢賢治です。ここにある、柳田・柳（宗悦）vs賢治という対比が、和子さんが論じた柳田と熊楠の対比とダブるんですね。熊楠が生態学だけでなく民俗学の領域でも活躍したことを思えば、柳田と柳の後に熊楠が出てきてもよかったと思うんですが、その代わりが宮沢賢治なんです。高橋さんが話してくれた柳田vs熊楠の対比が、一九六〇年に書かれた『限界芸術論』の柳田・柳vs賢治という図式とパラレルになっている。賢治といえば、高橋さんも深い縁を感じてきた人ですね。

高橋 はい。

辻 柳田國男も柳宗悦も、もちろん「雑」に注目したチャンピオンのような人たちです。でも、その「雑」の方向へと、生き方を含めてさらに徹底したのが熊楠であり賢治であったと、鶴見和子も鶴見

＊3　柳宗悦（一八八九―一九六一）美学者・思想家。朝鮮の陶磁器を通じて手工芸品の美的な価値に気づき、民衆の暮らしに根ざした手仕事を発掘し評価する民藝運動を主導した。

俊輔も書いている。ごく単純化して言えばそうなります。

「限界芸術」という言葉を少し説明しますと、ここで言う限界とは極端とか極限という意味じゃなく、英語のマージナル（marginal）、境界という意味です。それを鶴見俊輔は、純粋芸術や大衆芸術と対比したわけです。純粋芸術（ピュア・アート）は今日の用語法で「芸術」と呼ばれる作品のことで、「専門芸術家による専門的享受者のための芸術」という言い方をしています。それに対して大衆芸術（ポピュラー・アート）は、専門芸術家によって作られはするが、その制作過程で企業家が関与することと、享受者が大衆である点が違う。純粋芸術に比べ俗悪、非芸術的、ニセモノ芸術とされる作品だと。

他方、限界芸術（マージナル・アート）は、作る側も享受する側も非専門的だという。限界芸術は、純粋芸術・大衆芸術の両者よりさらに広大な領域で、芸術と生活との境界線にあるような作品だと定義しています。これが書かれたのは一九六〇年ですから、半世紀以上前の定義がそのまま現在に当てはまらないのはたしかです。ひとつには、ビジネスや経済が純粋芸術と大衆芸術の中に浸透して、芸術全体の商業化が、昔では考えられないほど進んでいます。純粋なくなっていますが、以前のような本物とニセモノといった区別が成り立たなくなっています。同時に限界芸術のありかたも変わっているのですが、その話はいまは置いておきましょう。

どちらにしても、鶴見さんが考えた、アートにおける「専門vs非専門」や「純粋・大衆vs限界」という対比は現在でも重要な意義を持っていると思うんです。そして、専門性や純粋性や商業性という価値の基準から外れて、その外側に広がっているのがマージナルなアート、言い換えれば「雑」としてのアートなんだと思います。鶴見さんは、この限界芸術の領域にかかわる三人の重要人物として柳田、柳、賢治の順に挙げていくわけですが、それぞれの見出しが「限界芸術の研究」「限界芸術の批評」「限界芸術の創作」となっています。さっきも言ったように、『限界芸術論』と鶴見和子の熊楠論がパラレルに見えるのは、柳田も柳も、ある壁にぶつかってそれを越えることができないけれど、それを越えたのが熊楠であり賢治だったという点で一致しているからです。

では、熊楠と賢治が越えた「壁」とは何かと言えば、二人に共通したものとして、ぼくが注目したいのは三点です。ひとつが、さっき高橋さんが「官学」と言ったような、近代的な学問体系や権威という壁。これに対して、熊楠も賢治も、学問分野や専門性を縦横に越境して、それぞれの「雑」学をつくった。二番目が西洋近代的なヒューマニズム、つまり人間中心主義。まさに近代思想の核ですが、この壁を二人はそれぞれのエコロジー思想、そして現代で言うホリスティック・サイエンスによって楽々と越える。三番目の壁が、東京に代表される都市中心主義や中央集権主義で、それを二人は、ローカルにこそほんとうの意味での世界性や普遍性がある、というローカリズムによって越える。地域には、限りなく多様なものが雑然と絡みあいながらある調和をつくり出している。それこそがじつは世界に通じている。つまりローカルであればあるほど、それがほんとうの意味でのグローバルでもある。そうやって地域から世界を、そして宇宙を見るような視点がありました。

もちろん、この三番目のローカル思想は柳田や柳の視点でもあったはずですが、やはり、それを自分の人生の生き方として実践するという点では熊楠や賢治に及ばなかった。「雑」が生き方そのものになるかどうかの違いではないでしょうか。

どうでしょう。こう見ていくと、鶴見和子さんと俊輔さんの議論って、かなり似ていませんか？

高橋　はい。『限界芸術論』は熊楠を対象にしてもよかったと思います。ぼくも『限界芸術論』は大好きなんです。柳田國男も柳宗悦も、宮沢賢治も好きで、とくに賢治は二度、長編小説のテーマにしたくらいなので。

宮沢賢治というと、ずいぶん前の人というイメージがありますが、一八九六（明治二九）年生まれ、一九三三（昭和八）年没で、中原中也や小林秀雄と同世代です。最近、ある番組で宮沢賢治のことを話す必要があって「宮沢賢治と教育」というテーマで調べてみました。賢治は岩手の花巻農学校で、大正一〇年から一五年まで教師をしています。その授業を再現した本『教師　宮沢賢治のしごと』（小学館文庫）は、まだ存命の教え子にインタビューして授業を再構成したものですが、これがすごい内容なんです。『風の又三郎』や『春と修羅』などの作品を「先生、昨日こういうのを作ったから聞かせてあげるね」と朗読し、それを聞いたことを、いまでも生徒たちは覚えているんです。

授業は、いまでいうシュタイナー風の自由教育をやっていました。このころは大正自由教育[*4]の時代で、文部省や国が決める上からの教育の視点ではなく、どうしたら生徒たちに自主的に学んでもらえるのか、そのためにはどう教えればいいのかという発想が教師にありました。ここにはプラグマティズムの考え方が深く影響を与えています。鶴見俊輔さんたちが大きな影響を受けたジョン・デューイ[*5]の教育論のように、生徒たちが実際に身体を動かし、自分で疑問を出して自分で解いていくことを基本にした教育です。大正自由教育運動はその代表で、その流れのひとつがなんと宮沢賢治なんですね。

でも、彼が実際に農学校の先生をやっていたのは数年だけでした。どうしてなのか。そこには、彼が教えていた東北の経済事情があります。このころの東北は凶作が多く、ご飯を食べられない子が続出して授業どころじゃない。そういう悩みを賢治は抱えていた。それでも、できるだけ自由教育をやろうとするんですが、途中で校長が官僚的な人物に替わり、自分のやりたいことができなくなって辞めてしまいます。

教師だったときには、自分でピアノを弾いて自分で作った曲を生徒に歌わせ、新作ができたら読ん

＊4　一九世紀末から二〇世紀初期にかけて欧米で活発化した新教育運動が輸入され、一九二〇年代から三〇年代前半にかけての日本で起こった教育運動。新教育運動ともいう。

＊5　ジョン・デューイ（一八五九―一九五二）アメリカ合州国の哲学者、教育学者。プラグマティズムを代表する思想家であり、独自の教育理論を確立した。

でやったりもした。賢治というと優れた童話、あるいは詩の書き手とぼくたちは思いがちですが、土壌学を勉強して農民たちと学校を作ったり、肥料研究に取り組んで、どうすれば凶作に強い米を作れるかを考えたり、そういうことを童話や詩を作るよりも真剣にやっていたんです。

賢治が手帳に書き残した『農民芸術概論綱要』では、芸術を特権的なものとみなしていません。朝ご飯を食べてこられないような子どもにとっての美しさとは何か。そういうことを考えて、ぎりぎりまでがんばっていたんですね。

辻 それがまさに、生活とアートが混然として分離できない境界領域のアート、限界芸術ですね。鶴見俊輔の『限界芸術論』の最後はその『農民芸術概論綱要』からの引用が続き、それへの注釈という形をとっています。

「アート・オブ・リビング」という英語の表現があって、「生きるアート」とでも言いましょうか。鶴見さんは『限界芸術論』の最初のほうで、有名なインドの哲学者、アナンダ・クマラスワミの言葉を引用しています。「芸術家とは特別な種類の人間のことではなく、すべての人が特別な種類のアーティストなのだ」と。純粋芸術的な発想の真逆ですね。こういう意味でのアーティストでありアートが、鶴見さんのいう限界芸術だった。でも、その論法でいくと人生全体がアートということにならないか、と彼は問いを立て、自分で「潜在的にはそうだ、と考えてよいと思う」と答えています。そういう意味では、宮沢賢治にしても南方熊楠にしても、人生全体をアートへと高めようとした人たちではなかったか。人生というアートを生きた人とでも言いますか。

雑、その美しきカオス

辻　ここに今年（二〇一八年）の元日の朝日新聞の切り抜きを持ってきました。鷲田清一さん（哲学者、京都市立芸術大学学長）が朝刊の一面で連載している「折々のことば」ですが、そこに「雑」が出てきて、元旦からびっくり。

高橋　鷲田さん、きっと知ってるんですすよ、ぼくたちがやっていることを（笑）。

辻　いよいよ今年こそ「雑」だなと、ひとりで興奮したんです。彼がそこで引用しているのが、文学者で万葉集の専門家、中西進さんの言葉です。「『万葉集』は『雑』の巻から始まる」。「万葉集」に使われている「雑」は、「その他」とか「主要でない」「どうでもいいもの」といった意味ではなく、古代中国の辞書によれば「雑」は「五采《ごさい》相い合うなり（五色の彩りが一つになる）」とか「最なり（第一のもの）」を意味すると書かれていて、歌集の「雑」も、華やかな開始を示すと思われるというんです。[*6]
　要するに、「雑」は「美しきカオス」ではないかという壮大な話なんですよ。

高橋　それは知らなかったけれど、美しきカオスか。いいですね。

辻　思うに「雑」はもともと総合的とか、全体像を示すとか、全体を代表するとかの意味だったんじゃ

＊6　中西進の随想「美しきカオス」（『潮』二〇一七年一二月号掲載）より。

ないでしょうか。英語なら「ジェネラル」。そのもともとの意味は「全体にかかわる」で、たとえばジェネラル・ミーティング（総会）やジェネラル・マネージャー（総支配人）などのジェネラルです。まずその「雑」で始まって、そこからだんだん各部分に展開していく。万葉集なら「雑歌《ぞうか》」で始まり、相聞歌とか防人《さきもり》の歌とかへと続くわけですよね。また、雑は全体にかかわるだけでなく「開巻を華々しく飾る」ものだった。「美しきカオス」という中西さんの文章を手に入れてきたので、そこから抜粋してみます。「中国古代の思想家・老子が天然自然のものを本質と見抜いたように、雑をこそまず万物の礎《いしずえ》と見ることで、本当の姿や将来の姿も発見できるだろう」。

高橋　いいですね。

辻　粘菌に宇宙を見た南方熊楠のコスモロジーに通じますよね。熊楠の「南方曼荼羅《みなかたまんだら》」、あれがまさに「万物の礎」じゃないでしょうか。これ以上ないほどローカルな、彼の家のそばの神社の、その裏にある森にしか住んでいないような、超ローカルで「雑」なものにグローバルを見いだす。

高橋　万葉集が「雑」の巻で始まっていることに、言われるまで気づきませんでした。なんとなく雑は一番最後じゃないかって思っていたんです。それはぼくたちがおちいりやすい考えですよね。つまり、整頓していって、余ったものが「雑」。

辻　体系からはみ出して……。

高橋　分類できないものを……。

辻　「その他」として「雑」にひっくるめる。

高橋　でも、そうじゃなくて最初に「雑」があるという考え方をしていた時代や人たちがいた。現在のぼくたちは、どうやらそれとは全然違う発想になっているらしい。違う発想や考え方を持っていたことさえ忘れてしまった。そう考えると、ほかにもいろいろ同じようなことがあるんだろうなと思います。

ところで、熊楠は宗教学もやっているんですね。正確にいうと比較宗教学だと思います。彼自身は真言宗です。ちなみに宮沢賢治は日蓮宗に深く傾倒していました。どちらも仏教と深いかかわりがある人なんですね。熊楠は、日本にいるときはあまり宗教に関心がなかったようですが、ロンドンでキリスト教とぶつかって、これはいったい何だと考えるようになるんですね。「寛容な宗教と非寛容な宗教」というテーマでいくつか論文を書いていますが、キリスト教やイスラム教は非寛容とし、他方で寛容な宗教の代表としてジャイナ教を挙げています。その次が仏教ですね。自分自身は仏教的なものに惹かれているのに、まったくニュートラルというか、偏見をもたないから、ジャイナ教を一番に挙げています。

辻　ジャイナ教の「すべての生き物は平等である」、そこが寛容だというわけですね。

高橋　ええ。存在するものすべてを包み込む考え方です。熊楠は、ガンダーラに行ったら次はエルサレムへ、というように宗教の聖地を訪ねてみたいと思っていたようです。結局それは実現しなかったんですが、研究者としての熊楠は、世界の諸宗教をまったくフラットな目で見て、それぞれの秘密を突き止めてみたいと思っていたんですね。

ところで、有名な「南方曼荼羅」は世界を描いています。しかし、そこには中心がない。ないとい

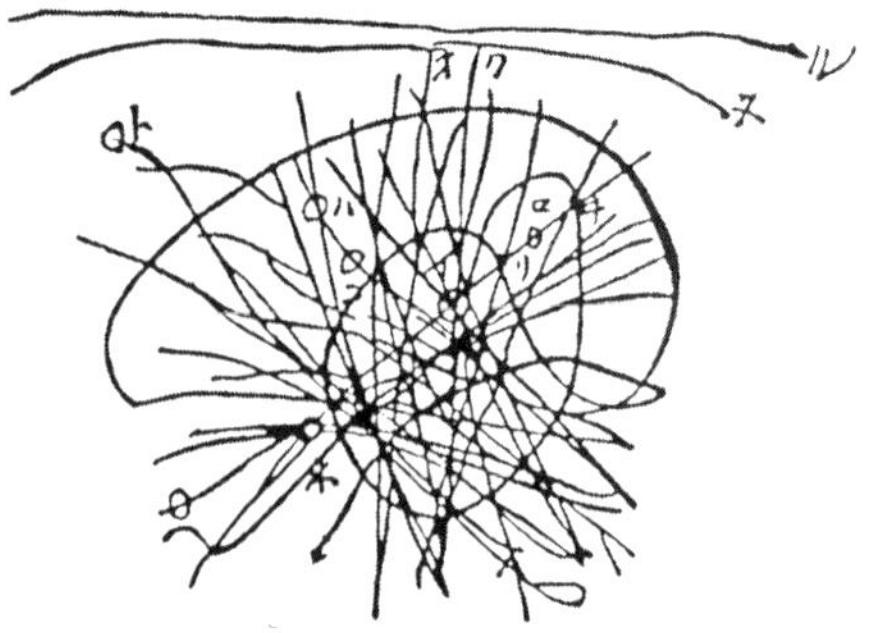

図１　南方曼荼羅（南方熊楠記念館提供）

うか、どれもが中心なんです。その「中心」のことを彼は「萃《すい》点《てん》」という言葉で表現しています。いろいろな学問があり、いろいろな社会がある。それらは、ただバラバラに存在しているのではない。膨大なものごとは、じつはさまざまな関係性の中にある。それら世界をつなげているさまざまな線がもっとも交わるところ、もっとも多くのものにかかわりがある想像上の点を「萃点」と呼んだのです。それ自体に独自性があるというのではなくて、そこが世界のさまざまなものと一番つながっている場所、それを表現したのが彼の曼荼羅絵図です。

熊楠は、その意味での世界の萃点を見つけることを生涯の目標にしていました。でも、その萃点はどこにあるか結局わからない。どうしてかというと、いろいろなものが増えると萃点は移動してゆくからです。だから結局、どこにあるかは特定できないけれど、その萃点に向かって進んでいく運動そのものが彼にとっての「思考」だったということだと思います。

ぼくが熊楠の小説を書いているときも、この「萃点」を探しているんじゃないかと思うんです。つまり、いま・ここのことを書いていると、どんどん世界のいろいろな場所に触手が伸びていく。このことも説明できる、あれも説明できる、というふうに。人間の生き死に、経済のこと、植物のこと、社会の仕組み……。いま・ここのことをただ書いていると自然にそうやって広がっていく。でも本来は学問ってそういうものだったのかもしれない。

世界は混沌としている。まさにカオスです。「雑」というのは、そこから「萃点」を求める運動を始めることじゃないかと思うんです。この世界にはどこかに萃点みたいなものがあって、それを中心――いや、そういう言葉では表現できない点をもとに、ひとつの有機体としてうごめいている。それが熊楠の曼荼羅だと思います。そこを目標のように、そこに向かって運動していく。でも固定化はせずに、今日はここが萃点だったけど、あ、なんか違うな、こっちかな、というふうにどんどん移動していく。

辻　なるほど。中心という概念とはまったく違いますね。高橋さんがいま言われた熊楠の研究のありかたは、まさに現代におけるホリスティック・サイエンスですね。そういう思想的なスタンスがすでにあったというのが驚きですね。

「ホリスティック（holistic）」という言葉ですが、これは現代世界のもっとも重要なキーワードのひとつだとぼくは思っています。全体を表すホール（whole）から来ているから、日本語でいえば全体的とか、全体論的とかになるんだけど、なんだか全体主義とイメージが重なりそうで使いづらい。とくに最近はまた、世界中で全体主義の亡霊が動きまわっているような状態ですしね。

全体主義は英語で totalitarianism で、つまり、総計とか合計という意味のトータル（total）という言葉から来ている。辞書的な定義でいえば、いくつかの小部分を合わせた総量。どうも発想が量的なんですね。それに対してwholeのほうは「バラバラではない丸ごと」、いくつもの小部分からなるけれど、ひとまとまりとみなされるものという意味です。この「ひとまとまり」というものの見方が大切だと思います。

ホリスティック科学というのは、細かく細分化されバラバラになった学問をもう一度「ひとまとまり」のものとして見直そう、という知的な運動ですが、これも、科学技術の急速な進歩の末に資源と領土をめぐる戦争が続き、自然環境が破壊され、資源が枯渇し、人の心まで病んでしまうという事態への反省から生まれたんだと思う。そしてその先に現れたのが、地球をたんなるバラバラな要素の寄せ集めとしてではなく、ひとつの生命体と考えるというガイア仮説だったわけです。

さっき、中西進さんに教えていただいた万葉集の「雑歌」の「雑」を英語の「ジェネラル」と比べましたが、さらに一歩進めて「ホリスティック」という意味だと考えたい。高橋さんがいま言ったような、膨大なものごとをつなぐ熊楠の「萃点」や、中西さんのいう「美しきカオス」こそが、ホリスティックとしての「雑」をみごとに表しているんだと思います。

全体性と多様性といえば、一見、対極にあるように見えますよね。でも熊楠によって表現された「雑」は、その両方をつなぐというか、多様であることと「バラバラでない丸ごと」とを融合するような概念だと言えるんじゃないでしょうか。

「雑」で経済を構想しよう

辻　じつはぼく、昨日タイから帰ってきたところなんです。最近、タイの北部、チェンマイからさらに山を奥へ入ったところにあるカレン族の村によく行くんです。カレン族というのは、タイやミャンマーの北部山地を中心に住む、もとは焼畑農耕民ですね。そのカレン族の村――ノンタオ村といいます――が大好きになって、とくにそこに住む、ある人物を中心にした映像記録を撮り始めています。昨夏に続いて今回、二回目の撮影をやりました。ぼくから見ると、この村が「雑」を考える上で格好のフィールドなんです。

出かける直前に『うしろめたさの人類学』（ミシマ社）の著者の松村圭一郎さんとトークショーをしました。彼は文化人類学者で、エチオピアをフィールドに、日本とエチオピアを行ったり来たりしています。彼は、エチオピアに行くたびに身と心がほぐれるようでホッとするけれど、日本に帰ってくるたびにまた身体がこわばるようだ、と話していました。ぼくも長いあいだ海外に住み、日本に帰ってきた後もしょっちゅう海外に出ているので、同じ感覚をもっています。そしておそらく、人類学者だけじゃなく、旅をする多くの人が同じように感じているんだと思います。

では、なぜ日本はこんなに肩が凝るところなんだろう。それを松村さんは真面目に、学問的に考えていきました。そのひとつのキーワードが「うしろめたさ」で、この言葉から日本とエチオピアの社会、とくに経済のありかたの本質的な違いが見えてきます。

ぼくもノンタオ村に行くと、まさに身も心もほぐれて、ちょっと大げさに言うと、自分が別の人間じゃないかと思うくらいに感じます。この感覚に「雑」が密接にかかわっているんじゃないかと感じているんです。それがどう経済と関係するかというと、市場原理が一元的に支配する現代社会と、市場原理だけでなく他の経済原理がまだ働いているような社会の違いが、ぼくらの身と心をこわばらせたり、ほぐしたりすることに対応しているのではないか、ということです。

高橋　なるほど。

辻　もちろん、ことはそう単純ではなく、心地よさの感覚なんていうものには、いろんな要素が入り混じっているでしょう。少なくとも、ぼくの長年の経験からいえるのは、まず、健全な自然がまわりにあって、自然と人間の境界がそんなに画然としていないこと。この点、ノンタオ村に住むカレン族というのは、伝統的に自然界と渾然一体に生きることで知られてきた人々です。二番目に、とくにノンタオ村で感じるのは、そこに暮らす人々の役割があまり専門化していなくて、人々が一人多役をこなす、まさに「百姓」という言葉を地でいくような人々だということもある。そして、これと密接に関係して三番目に、経済のありかたが「雑」然としていることがある。

ぼくがノンタオ村に通うようになったきっかけは、ジョニという初老の男とその家族に惚れこんだからなんですが、彼らは自分たちの生き方や考え方を「レイジーマン」という言葉で表現している。つまり「怠け者」ですけど、これはカレン族に伝わる民話の中のヒーローで、日本の「物くさ太郎」

にそっくりなんです。

高橋　同じ物語が伝承されていたんでしょうか。いや、驚きましたね。

辻　そう。魂の拠りどころとして木を尊重し、自然界の多様性を生かし、多種多品目の食物が季節を通じて得られるような農的な生き方をすること。この生き方を、ジョニ一家は「レイジーマン」と言うわけです。この暮らしのようすは、現代の経済が、自然をたんなる資源へと貶めたり、自然に対立するものとして成立しているのと対照的ですよね。その特徴は、エコロジー、多様性、多品目、という意味での「雑」です。

でも、それだけじゃない。一方でレイジーマンは、伝統的で自給的な生き方をベースにもっているとはいえ、やはりグローバル資本主義のシステムの外にあるわけではなく、市場交換の経済にかかわりをもたないわけにはいかない。さっきのジョニの家の敷地には、息子一家と娘一家が別の家屋を建てて住んでいて、息子のスウェは、その庭と同じような場所で育つ家庭園芸的なコーヒーを近隣から集めて「レイジーマン・コーヒー」というコミュニティビジネスを立ち上げた。これがまた、びっくりするくらいうまいコーヒーで、ぼくはこれを日本でも広めて、彼らをサポートしたいと思っているんです。でも、スウェはコーヒーの割合を、農的な収量の五％ほどにとどめようと考えている。市場原理だけにすべてを預けてしまうのではなく、贈与交換やシェアによって、必要なモノやサービスが行き渡るような自分たちなりのしくみを作って、それを維持しようとしている。この「混ぜこぜ」という意味での「雑」の経済も、レイジーマンの大事な要素です。ぼくはこの辺に注目して、「雑としての経済」を今後のテーマとしていきたいと思っているわけです。

高橋　雑な経済、怠け者の経済か。いいですね。

辻　ぼくは長く環境運動をやってきて、結局行き着いたのが「グローバル」から「ローカル」への転換なんです。簡単に言うと、グローバリゼーションの時代はすでに終わりを迎えていて、もう一度「ローカル」を取り戻していくことなしに人類の未来はない、そこまで世界は来ていると思っているんです。

では、グローバル化の時代とはどういう時代だったのか。「グローバル」って本来はとてもいい意味の言葉ですよね。地球的ということだから。これは本書でもすでに何度か話してきたことですが、現実のグローバル化とは、全世界がひとつの市場になるという意味で、国境を超えた大企業がその世界市場を支配しようとしています。そのために邪魔になる障壁をつぎつぎ取り払って、自由に世界中で企業活動をおこない、その利益を最大化していく。かつては社会のほんの一部にすぎなかった市場経済が、いまでは社会を飲み込んでしまうようになってしまった。その過程でコミュニティを壊し、地域経済を壊し、自然生態系をズタズタにしていきました。それがグローバル化という時代だったわけです。

先ほど紹介した松村圭一郎さんは、世界の、とくに途上国と言われるような「貧しい」地域に行ったことがある人なら誰でも感じる「うしろめたさ」に注目しました。そこに出かけていくお金も時間の余裕もあるようなぼくたちと違って、そんなことを夢にも思えないような人たちに出会い、胸にチ

図２　若者たちに世界の成りたちを話すジョニ。

図３　ジョニの息子スウェの一家がコーヒーを収穫する姿。

クッと痛みを感じる、あの感覚です。

松村さんが調査に通うエチオピアは、世界の中でもっとも貧しいと言ってもいいような場所ですから、「うしろめたさ」は彼にとってすっかり親しい感情になっていたらしい。エチオピアには物乞いもたくさんいて、その中にひとり、威厳のあるおばあさんの物乞いがいたそうです。彼女は道の真ん中に立って、歩く人の前に立ちはだかる。そして手を突き出して、威張った感じでお金を要求する。かなり図々しい。でも、みんな「ああ、しょうがないな」みたいな感じでお金を渡す。断るのを見たことがないというんです。

これは何だろう、と松村さんは思う。日本人としては、「うしろめたさ」からお金を出しても、一方で「いくらくらいが適当なのか」とか「きりがないよな」とか、「お金をあげるのは本人のためにならない」とか、いろいろ思うわけです。日本のお金で言えばたった五円かそこらなのに、これはあげすぎか、なんてちっぽけなことで悩んでいる自分に恥ずかしくなったり、もっとたくさん出せよ、という自分の中の声もあったりして、あっちこっちへ揺らぐのを感じるんですね。

彼はそのことを入口に、なぜそもそもエチオピアの人たちは物乞いにパッとお金を渡せるのか、自分たちだって生活に困っているのに、と考えます。そして、経済に関するまったく違う発想があることに気づいていくんです。

ここで少し経済学的な話をします。カール・ポランニーについては前にも何度かお話ししましたが、経済人類学と言われる分野を拓いた人です。彼が経済について考えた末に行き着いた結論は、市場原理だけが支配する経済が世界を覆うありかたはおかしい、ということでした。ハンガリーにユダヤ系として生まれ育った彼は、二つの世界大戦を身をもって経験し、ファシズムとは結局、市場経済を救うための最後の手段だったのだと実感します。二〇世紀の危機の本質は、一八世紀後半のイギリスから世界へと広がった市場資本主義が限界に達したことにあり、そもそも市場社会というのは一般に言われているように自然発生的に生まれたものではなくて、経済的自由主義の政策によって作り出されたものなのだ、ということです。

自分が生きた世界を席巻したファシズムと理論的に格闘したポランニーが得た結論は、「経済主義としてのファシズム」でした。彼は、ファシズムの起源を求めてマルサスやリカードの古典派経済学の思想に行きつき、それがドイツ・ファシズムの起源だったと言うんです。そして、ここが大事なのですが、市場経済と民主主義はその両者の本性からいって両立不可能だ、ここにこそ資本主義の限界がある。その両者のせめぎあいのギリギリのところで、ファシズムは市場資本主義を救出するために登場したと定義しました。

これはほんとうに予言的なことだったなと思うんです。第二次大戦から七十数年たったいま、まさに新自由主義がファシズム的な様相を呈してきていて、民主主義をせっせと掘り崩しています。経済の名のもとに戦争を起こしたり、経済成長のために環境を壊したり、市場の自由のために、ありとあらゆることが正当化されていく時代になってしまいました。現在のアメリカや日本をはじめ多くの国の政権が、地球の生態系を壊したり、戦争政策を推進したりしていることを「経済成長には役立つから、まあいいよね」と人々は納得している。

こういうのはどう考えてもおかしいと、ポランニーは経済史や人類学を駆使して、狩猟採集の社会までさかのぼるわけです。古代から現代に至るまで、世界にはさまざまな社会があり、いまもある。それらの社会にあって経済はどんな位置を占めていたのだろう、と。たとえば、カレン族の人々が何百年、何千年と生きてきたノンタオ村で、彼らの経済とはどういうもので、それは社会の中でどんな位置を占めていたのか、というふうに考えるということですね。

そういうことに、ポランニーとそれに続く経済人類学者たちは関心を向け、前にもお話ししたように三つの要素の組み合わせとして経済を考えました。三つとは市場交換、再分配、互酬性です。この三つの中で、現在は市場交換だけが支配的で、他の二つの影が薄くなっているから、市場交換になんとか歯止めをかけなければいけない。そうポランニーは考えました。異質な要素の混ざりあいとして経済を見るという、この考え方が「雑」なんですね。経済をそういう雑然としたものとしてとらえる。現在の数量的な経済観とは対照的です。

これは、経済人類学の祖と言われるマルセル・モース（99頁）が『贈与論』の最後で言っていることにも重なっているんです。他の論文と同じように、『贈与論』はいろんな概念を取り上げて、それについて論じる。たとえば「市場交換」と「贈与交換」がどう違うのか、といったことを詳しく論じた後、最後にやっとここまでたどり着いたけど、じつはこれからやっと始まるんだよ、というようなことを彼は言うわけです。つまり、一度手に入れた概念を崩して混ぜこぜにするんだと。「溶鉱炉」

という言葉をモースは使っていますね。溶鉱炉みたいなところにぶち込んで溶かしてから、あらためて見直してみる。そんなことを最後に言っています。

これも「雑」の発想ですよね。「雑」の重要な意味のひとつは「混ざっている」ということであり、また、分類の中に納まりきらない、だからこそ不断に境界を越えていくということです。越境をくりかえしていく。これが「雑」の態度だと思うんです。

高橋 熊楠の学問への態度と共通していますね。

辻 そうやって考えてみると、松村さんの言う「うしろめたさ」がわかりやすくなる。ぼくたちがうしろめたいなと思ったときには、自分の内なる何かが動いていて、それを倫理と呼んでもいい。倫理や道徳というと「こうすべき」「こうしなければいけない」と上から教え込まれる感じがして、反発を感じるわけですが……。

高橋 うしろめたさというのはちょっと違いますよね。

辻 ええ。貨幣経済や市場原理にすっかり染め上げられているようなわれわれであっても、内側から「あれ、おかしいな、これじゃ済まないぞ」という違和感が立ちあがってくる。これを「隙間」と松村さんは呼んで注目するのですが、この割り切れなさ、他の要素が混じり込んでいるという感じが大事なんじゃないかとぼくも思います。

ぼくたちは、資本主義やグローバリズムを批判しながらも、じつはその一部として社会をつくってきたわけで、市場交換をしないと法律で罰せられるわけじゃないのに、そのプレイヤーになってシステムに参加しているわけですね。松村さんも使っている人類学の言葉で言えば「構築」です。つまり、市場交換を中心にした社会に参加し、そういう世界を構築している一方で、「あ、これだけじゃないな、世界は」と思ったとき、ちょっと「隙間」ができる。いわば、世界を再構築していくきっかけがそこにあると松村さんは考える。

彼は、はるかエチオピアまで行って、そんなことに気づいて帰ってくるわけです。エチオピアの人たちはかなり抑圧的な国家に支配されているし、一方でグローバル市場にも支配されているわけです。でも、その中にあっても、物乞いが手を出したらためらいもなくお金を差し出すような、もうひとつの経済原理をいまでも自分の中に持っている。そして、さっき言った三つの要素が混ざりあった、自分たちなりの雑なる経済の世界を不断に再構築している、と考えられるんじゃないか。まあ、これはぼくなりの『うしろめたさの人類学』の読み方でしかないんですが。

これからの経済を考える上で、松村さんも言うように、贈与やシェアリングが重要な鍵だと思うんです。とくにぼくは、モースが定義した「贈与」とは区別された「シェア」の領域に注目することが大切だと思っています。第3章でもふれたように、「いやいやながらのシェア」というものも重要です。

高橋　満員のバスにこれ以上乗れないのに、少しずつ詰めるという話ですね。

辻　ええ、日本でもありますよね。寿司詰めの電車にやっとのことで入りこみ、このまま誰も来ないうちにドアが閉まってくれと期待していると、そういうときに限って来るわけですよ、もうひとり。自分もやっと入ったんだから、もうこの人は無理だよと言いたい。ときどきいますよね、わざとドアの外に出っ張って懸命に拒絶している人が（笑）。そんな人でも、相手があきらめない限り結局、しょうがないなあと少し引っこむ。周囲の人たちも少しずつ引っこんで、もうひとり入れる。

ここに「いやいやながらのシェア」が起こっているわけです。これを「贈与」と呼べるかというと無理があって、そんなきれいなものではない。けれど、いやいやだとしても、とにかく自分が持っている何かを譲る、差し出す。何がそれをさせるのかということが大事なんだという視点です。

明らかに市場交換ではないし、再分配でもない。贈与とも言えない。それらとはまた違うレベルがあって、それが経済一辺倒のぼくたちの社会の中に息づいている。ときには進んで、ときにはいやいやながら、ちょっと利己的な自分をずらしながら、ほかの人に場所を譲ったり、自分のものを差し出したりする。ささやかではあれ、そういう形で世界を構築することはできるんです。

たとえば難民のことを考えてみましょう。さっきの満員電車のたとえで言えば、日本は出っ張って拒絶している社会ですよね。もうこれ以上この国には誰も入れないぞ、と。でも、ほかに生きていく場所がなくて困っている難民を、自分たちが少しずつ引っ込むことで、わずかでもスペースを作って受け入れていこうという動きが、もっとあってもいいんじゃないか。

経済のありかたについても、ぼくたちの生活の場にシェアリングの領域があって、それがきちんと息づいていることに気づいていくことです。家族や友人関係、コミュニティも、市場交換や再分配にはそぐわない領域でしょう？　ノンタオ村で感じるような、身も心もほぐれるような感覚が、周囲にあるかもしれないと見まわしてみる。

ぼくらがノンタオ村に着く前日に、宿泊場所の真ん前の家で人が亡くなったらしい。カレン族の伝統にのっとったお通夜が三日三晩続きました。近くの人はもちろん、遠いところからも人が集まってきて、昼も夜もなくずーっと賑わっていたんです。

まさに生と死が交錯するような「雑」な世界がそこにありました。国家によって支配され管理されているのとも、あるいは経済市場に支配されているのともまったく違う論理で、人々がみごとにそれぞれの役割を果たしていた。普段はタイの国家の規範や市場原理に行動を左右されていても、彼らにはそれらとは違う領域があって、まちがいなくそこでも生きているんですね。

熊楠はそんな、いまにも失われそうになっているローカルな「雑」の世界を守ろうとしていた。それが失われてしまえば、ぼくたちは市場交換や国家が支配する世界に完全に巻き込まれて、ある種の全体主義に行き着いてしまう。そういうことを熊楠は予感していたんじゃないかという気がしますね。

ぼくたちを人間にしてくれる原理

高橋 その通りとしか言いようがない。ぼくは多分、辻さんとは違う経路をたどって、同じような結論に達してると思うんですね。
以前もしましたが、もう一度「幼児洗礼」の話をしたいと思います。生まれて数日の赤ん坊に洗礼を施してキリスト教徒にすることに対して、大論争が起こりました。論争をしかけたカール・バルトは、「信仰は、主体的責任を負うことのできる個人が神とのあいだに直接結ぶ契約なのだ。判断できない幼児に、洗礼という強制をおこなうのは信仰でもなんでもない」と言った。

そんなバルトにたったひとり反論したのが、バーゼル大学で同僚だったオスカー・クルマンです。クルマンは、バルトの批判の真摯さを認めつつ、それでもこう言ったのです。「バルト博士、あなたの論理は悲しいほどに正しい。けれども、ひとつだけ間違っている。あなたが守ろうとしているそれは、宗教ではない」と。クルマンは「幼児洗礼は、神からの愛の純粋贈与なのだ」と反論したのです。「あらゆる洗礼がそうであるように、まず神からの愛の純粋贈与がある。これは純粋贈与だから、拒否することも無視することも、止めることも不可能だ。子どもたちはまず愛される。幼児洗礼に、それ以外の意味はないのである」と。

この論争の帰趨について、ぼくは知りません。けれど、のちにバルトの本の中にクルマンの文章も掲載されていたそうですし、明晰なバルトのことだから、この論争では「負けた」と思ったのではないでしょうか。バルトにとって信仰とは、神と一対一で対面すること、そして、その上で全責任を持って、あなたを信仰しますと「契約」することです。実存主義的な個人の決断がそこにはあります。けれど、よく考えてみるなら、そこでは「信仰」と「恩寵」が等価交換されているのではないか。神の前で神と対等になる。だから信仰が可能になる、という考え方は、一対一の等価交換の原理、商品交換の原理と同じではないか。プロテスタンティズムが資本主義の根本精神だったというのはマックス・ヴェーバーの画期的な発見でしたが、キリスト教と資本主義は、根本で同じ思考法をもっているのかもしれないと思わせますね。しかし、そうではないというのがクルマンの反論です。

クルマンの立場は、言ってみると原始キリスト教的なものです。資本主義的、商品経済的なものを取り込むことで世界宗教になってゆく「その前」の論理。それがクルマンが提示したものだと思います。これは辻さんが話された、商品経済以前の贈与経済の論理と同じではないでしょうか。キリスト教には、ときどきそうやって始原に戻ろうとする運動が出てきます。マルティン・ルターの宗教改革だって、カトリック教会が免罪符を売るようになったからです。お金で罪を贖《あがな》うことができるという免罪符こそ、まさに等価交換の原理に基づいたものだと考えてみると、じつは宗教はものすごく経済の影響を受けている。世界宗教になってゆくほどにね。だって、多数の人たちを説得するためには、彼らを納得させる論理が必要で、その典型が等価交換だからです。

ところが「始まり」は違うんですね。たとえばイエス・キリストはゴルゴダの丘で十字架に上りました。それは自分が犯した罪のためではなく、会ったことも見たこともない、未来の人々も含めた全人類のために、勝手にです。誰も意識したことのない、いつからかもわからないけれど、生まれつき背負っている罪を償うために。自分ではなく人々の罪を背負って犠牲になるなんて、明らかに頭がおかしい（笑）。

辻　いい意味でね。

高橋　そこに等価交換の原理は働いていない。あるのはイエス・キリストの「愛の純粋贈与」だけです。

その「純粋贈与」に衝撃を受けて、人々はキリスト教を信じるようになった。でも時がたち、社会の中の宗教になってゆくにつれ純粋贈与の部分は忘れられ、等価交換の原理がキリスト教を動かすエンジンになっていった。それほどまでに、ぼくたちは等価交換の原理を当たり前のものとして内面化している。まさに、資本主義の根底にある等価交換の原理こそ、ぼくたちの時代の「神」なのかもしれない。その教えはぼくたちの心の底まで支配している。ほんとうに卑近な例で言うと、いま、大学で休講にすると「きちんと補講をしてください」と言われます。生徒からも。ぼくらが学生のころは「うわー、さぼれる!」と純粋に喜んでいたのに(笑)。どうやら、授業料を払っているんだから等価交換でちゃんとその分の授業をしろ、と考えているみたいです。

いま、大学の中にもグローバリズムという名の資本主義の妖怪が徘徊しています。この妖怪の原理は「効率」です。この社会の役に立つかどうかがすべて。就職の役に立つから、世界で通用するから、どの国もやっているから、英語を習えと言ったりする。原因と結果がはっきりしているものがいいものだと称揚される。いちばん合理的でわかりやすいのが等価交換という原理なんですね。でも宗教はもともとそうではなかった。4章でも話しましたが、親鸞は慈悲について、理由があって慈悲をかけるのではない、人としてしなければおかしいから慈悲をかけるのでもない、かけたいと思ったら慈悲をかければいい。それだけだ。そう言っています。ここでも等価交換の原理に基づく「理由」がはっきり否定されています。慈悲をかけることは、何かと釣りあう必要なんかないのだと。ただ心の赴くままでいいのだと。

では、この「心の赴くまま」は、どこからやってくるのでしょう。いったい何をベースにしているのか。おそらくこれは、さっきの辻さんの話にもあった小共同体なのだと思います。家族や、あるいはもう少し大きいけれど、国家や社会よりはずっと小さなコミュニティです。そこでは、等価交換の原理よりもっと大事なものがある。ちょっと不合理だけれど、そのコミュニティにとって必須な何かです。たとえば死んだおばあちゃんに手を合わせる。なぜだろう。おばあちゃんは、もう死んでしまって存在しないのに。いったい何を祈っているのだろう。そもそも祈りは何のためにあるのだろう。

これ以上詳しい説明は、ここではやめておきましょう。でもたしかに言えるのは、ここには国家や社会とは違う論理がある。等価交換ではない原理がこの小さな共同体を支えている。あるいは、国家や社会が押しつけてくるものに対抗できる原理となっている。それは、ぼくたちを人間にしてくれる原理でもある。

辻　なるほど。「人間を人間にしてくれる原理」ですね。

高橋　そういうことだと思います。熊楠が擁護しようとした、森に包まれた小共同体には、大きな世界や社会とは別の倫理があった。倫理ってそういうものです。倫理は等価交換じゃなくて、なんか知らないけどやってしまう。そういうものがじつは、この国を支えていた。

辻　明治の神社合祀とともに、それが音を立てて崩れていってしまう。

高橋　そう、なくなっていく。だから熊楠が一番危惧したのは、自然が失われることだけではなくて、小共同体が崩壊して資本主義化されてしまうことでした。

辻　その二つは一体だということ。

高橋　そう、一体ですね。

辻　生態系が失われることと、社会が崩れていくことが、別々のことではなくて、ひとつのことである。

高橋　いいですね、今日始めたところにちゃんと話が戻ってきましたね。

おわりに――ぼくは「雑」と共に生きてきた

高橋源一郎

この本のもとになった辻信一さんとの共同研究プロジェクト「雑の研究」、そして、「雑の研究」に先行する「弱さの研究」についても、「はじめに」で辻さんが触れられているので、それ以上書くことはない。本書の内容については、読んでいただければ十分に理解されるものと期待している。なので、最後にぼくも――辻さんと同じように――ぼくと「雑」との個人的な関係について書いてみたい。

ぼくは小学校時代、「転校」をくりかえした。大阪から東京、東京から尾道、また大阪、そしてまた東京。どこか知らない場所へ引っ越して、すぐに新しい学校へ通いはじめるのである。

母親に連れられて、まず職員室へ。それが終わると、ひとりで、教師の後をついて廊下を歩いてゆく。教室につくまでの時間が、いちばん嫌いな時間だった。まるで、処刑台に向かって歩かされているような気分だったのだ。教室に着き、教師が扉を開ける。中に入ると、待っていた生徒たちの好奇心にみちた視線が突き刺さる。自己紹介をして、指定された席へつく。ざわざわする教室。授業が始まる。

けれども、生徒たちの興味は「新入り」に向けられている。大丈夫。いつか慣れる。このひりひりした感覚にも。見知らぬ世界に入りこみ、「他者」として遇される。目の前の集団に早く溶けこみたい。彼らが使う「符丁」、ぼくにはわからない「暗号」を、ぼくも使えるようになりたい。それがぼくのいちばん大きな望みだった。やがて、初めて教室の中に入ったときの「違和」は少しずつ薄れてゆく。気がつくと、ぼくもまた、彼らと同じことばを使っている。やがて、別の「転校生」が現れる。ぼくは、「こちら」の人間のひとりとして、「転校生」を好奇の目で見つめる。

この「くりかえし」、「転校」への慣れがぼくを形づくった。小さな共同体の一員であることへの憧れが、いつもぼくにはあった。逆にいうなら、その「小さな共同体」は、そこで生まれ、そこで育った子どもたちには自明であったが、ぼくには自明の存在ではなかった。ぼくは、そこにずっといたような気になっていただけなのである。

あちこち引っ越したので、結局、自由に使いこなせることばを持てなかった。大阪弁も神戸弁も尾道弁も、なんとなくしゃべれる。けれども、それを自由に使いこなせる者たちからは「不自然だ」といわれた。だから、ぼくのしゃべることばは、書くことばと同じだ。ぼくが、書くことを仕事として選ぶようになったのは、そのせいかもしれない。ぼくは「不自然なことば」しかしゃべれなかったが、書く世界では、「不自然なことば」こそ自然なのである。

中学でも「転校」をした。父の失職のせいで、東京のある私立中学から、尾道の公立の中学に移ることになった。複雑な事情で、その公立中学には一週間しか通わなかった。いままでの「転校」を凝縮したような経験で、ぼくは、「東京から来た謎の転校生」として、その短い期間を過ごした。一週間、誰ともしゃべらなかった。彼らは、彼らがよく知ることばでしゃべっていた。その会話を遠い世界の音楽のように聞きながら、ぼくはずっと机の上だけを眺めていた。まるで、ぼくは、そこには存在してはいないようだった。

それから、また、神戸の中学に転校した。そこで初めて、ぼくは、いままでの「転校」とは異なる経験をした。そこにいた「彼ら」は、ぼくを「転校生」としては見なかった。好奇の視線も、新入りには近づきがたい「共同体」もなかった。ぼくには入れない「共同体のことば」も、そこにはなかったのだ。

そこは「進学校」で、確かに、勉強は過酷だったが、それは、彼らにとって「仕事」の時間であり、彼らはそれ以外の時間の大半を自由に、自分のために使っていた。ジャズ、哲学、映画、演劇、現代音楽、政治思想、現代詩、小説、精神分析、前衛美術、等々。そこで彼らが使っていたことばは、閉ざされた「狭い共同体のことば」ではなく、誰でも、自由に参加し、使うことのできる共有言語だった。そこでは、ぼくも「転校生」ではなかった。いや、その世界では、誰もが、最初は「転校生」だったのだ。

それは一九六〇年代の半ばで、なにもかもが混沌とした時代でもあった。彼らが話し、触れ、参加している、どのジャンルの文化も、雑然としたものだった。それらのジャンルは、他のジャンルの影響を受けつつ、絶えず変貌していた。映画の中にジャズと哲学が侵入し、ジャズの中に詩と政治が入りこみ、そして、それらすべてを小説は取りこもうとしていた。変化すること、混じり合うこと、それが「ふつう」である世界が存在していたのだ。中でも、ぼくがいちばん魅かれたのが小説だった。小説は、生まれも定かではない、怪しい存在だった。ロマン（物語）と歴史と賤しいゴシップのツギハギ、キメラ（複合生物）だった。神話の高潔さと邪《よこしま》な想像力の両方を持っていた。ジョイスはその畢生《ひっせい》の傑作『フィネガンズ・ウェイク』で、世界中の言語をミックスして、ジョイス語とでもいうべき架空の言語を構築した。それはなぜだったのだろうか。

どのような自由な社会が到来しようと、ぼくたちが人間で、そしてことばというものを所有する限り、ことばの拘束からは逃れることができない。ことばで表現できないものをぼくたちは想像できない。だから、ジョイスは、世界中のことばを混ぜ合わせた。「自由」を所有するために。そうやって、ぼくも生きてきたのだ。「小説」という「雑」そのものの世界と共に。

著者
高橋源一郎（たかはし・げんいちろう）
作家，評論家，明治学院大学国際学部教授。『優雅で感傷的な日本野球』で第1回三島由紀夫賞，『日本文学盛衰史』で第13回伊藤整文学賞，『さよならクリストファー・ロビン』で第48回谷崎潤一郎賞を受賞。近著に『今夜はひとりぼっちかい？ 日本文学盛衰史 戦後文学篇』（講談社）。

辻 信一（つじ・しんいち）
文化人類学者，明治学院大学国際学部教授。「スローライフ」「キャンドルナイト」「しあわせの経済」「ローカリゼーション」などのテーマを軸に環境＝文化運動にとりくむ。著書に『ゆっくりノートブック』シリーズ（全8巻），『GNH』，共著に『降りる思想』『弱さの思想』（いずれも大月書店）ほか。

編集協力　桑垣里絵
本文中写真　たかはしじゅんいち（24，48，117，156頁）
装幀　藤本孝明＋如月舎
DTP　編集工房一生社

「雑《ざつ》」の思想《しそう》　世界の複雑さを愛するために

2018年11月15日　第1刷発行

定価はカバーに表示してあります

著者　高橋源一郎　辻　信一
発行者　中川　進

〒113-0033　東京都文京区本郷2-27-16
発行所　株式会社　大月書店
印刷　三晃印刷
製本　中永製本
電話（代表）03-3813-4651　FAX 03-3813-4656　振替00130-7-16387
http://www.otsukishoten.co.jp/

ISBN978-4-272-43102-1　C0010　Printed in Japan